Caio Fernando Abreu

O ovo apunhalado

Agir

Capa
Joca Reiners Terron

Revisão
Rebeca Bolite

Produção editorial
Lucas Bandeira de Melo

CIP-Brasil. Catalogação-na-fonte Sindicato Nacional dos Editores de Livros, RJ.

A145o

Abreu, Caio Fernando, 1948-1996
O ovo apunhalado / Caio Fernando Abreu. - Rio de Janeiro: Agir, 2008.

ISBN 978-85-220-0661-8

1. Conto brasileiro. I. Título.

08-0321.

CDD: 869.93
CDU: 821.134.3(81)-3

AGIR EDITORA LTDA.
Rua Nova Jerusalém, 345 - CEP 21042-235 - Bonsucesso - Rio de Janeiro - RJ
tel.: (21) 3882-8200 fax: 3882-8212/8313

Sumário

Gama

À memória de

Carlos Renato Moura
Elza Abreu Beccon
Marietta Medeiros Soares
Ruy José Sommer,
com quem morri um pouco

Para

Vovó Corruíra (Alcina Medeiros)
Vovô Aparício (Aparício Medeiros)
e Tia Vilma – Pavima,
com quem nasci um pouco

PREFÁCIO

O que me inquieta e fascina nos contos de Caio Fernando Abreu é essa loucura lúcida, essa magia de encantador de serpentes que, despojado e limpo, vai tocando sua flauta e as pessoas vão-se aproximando de todo aquele ritual aparentemente simples, mas terrível porque revelador de um denso mundo de sofrimento. De piedade. De amor.

Mundo de uma desesperada busca, onde as palavras se procuram no escuro e no silêncio como mãos que raramente (tão raramente, meu Deus) se encontram e se separam em meio do vazio. Da solidão. "O pensamento verte sangue", diz o poeta. É desse sangue que essas páginas ficam impregnadas – mas tão disfarçadamente, tão ambiguamente: por pudor, talvez, Caio Fernando Abreu disfarça, escamoteia através das personagens (sempre anti-heróis) a "dor que deveras sente". O medo, a perplexidade, a cólera, a ironia, o fervor – o sentimento do homem caça e caçador é redescoberto neste corpo-a-corpo de criador e criação. Sim, suas personagens são os anti-heróis, mas com eles Caio não constrói o anticonto tão ao gosto de seus companheiros de geração. Revolucionário sempre. Original sempre, mas sem se preocupar com modismos (importados ou não) que tentam impressionar um público que, de resto, já não se impressiona com nada. Ele não escreve o antitexto, mas O TEXTO que reabilita e renova o gênero. Caio Fernando Abreu assume a emoção.

Emoção esta que é vertida para uma linguagem que em alguns momentos atinge a rara plenitude próxima de um estado de graça. Linguagem que o coloca na família dos possessos (que já nos deu um Van Gogh, um Dostoievski, um Orson Welles), cultivadores não só da "paixão da linguagem", na expressão de Octavio Paz, mas também da "linguagem da paixão".

Gostaria de destacar aqui os contos que mais amei deste singular livro do moço gaúcho que um dia me escreveu numa carta: *"Os crepúsculos têm sido lindos. Passei o melhor verão da minha vida, ganhei um gatinho chamado Saturno (ele é Capricórnio), amei muito, fiz ioga à beira-mar. Enfim, tenho agradecido por estar vivo e ter andado por todos os lugares onde andei e ter vivido tudo o que vivi e ser exatamente como sou".*

Apontar este ou aquele conto? Mas se vejo cada um dos textos que formam *O ovo apunhalado* como peças de um jogo, destacáveis e curiosamente inseparáveis na sua alquimia mais profunda, cada qual trazendo sua parcela de realidade e sonho, rotina e poética magia – vida e desvida com seu mistério e sua revelação.

Quando nos seminários de literatura os teóricos pedantes acabam por condenar a palavra, minha vontade é simplesmente mostrar-lhes um livro como este. Provar-lhes a atualidade da desacreditada palavra com a própria palavra, quando a serviço de uma técnica rica de recursos. Aliada a uma imaginação cintilante.

Lygia Fagundes Telles
São Paulo, abril de 1975

O OVO REVISITADO

O ovo apunhalado foi, e ainda é, um livro importante para mim. Primeiro porque, para publicá-lo, precisei voltar de um exílio voluntário de Londres para o Brasil e esquecer uma planejada viagem à Índia (com escala em Katmandu, claro, afinal era o comecinho dos anos 1970 e eu queria tudo a que tinha direito). Depois, porque marcou a transição entre um certo amadorismo dos dois livros anteriores – mal editados, mal distribuídos – para uma espécie de profissionalismo. E digo *espécie* porque, hoje, quase dez anos depois, esse *pro-fis-si-o-na-lis-mo* continua ainda em esboço.

Ele foi publicado em 1975, ano marco daquela coisa confusa, gostosa e passageira que batizaram como *boom* da literatura brasileira. Ano de *Zero,* de Ignácio de Loyola, de *Feliz Ano Novo,* de Rubem Fonseca, de *A festa,* de Ivan Angelo – livros e escritores que muito admiro. Mas isso foi coincidência: na verdade, os contos que o compõem foram escritos entre 1969 (o mais antigo é "Réquiem por um fugitivo") e 1973 – em Campinas (na fazenda de Hilda Hilst), em São Paulo, Porto Alegre e, principalmente, no Rio de Janeiro. Aquele Rio do começo dos anos 1970, com a coluna "Underground" de Luiz Carlos Maciel, no *Pasquim,* do píer de Ipanema, com as dunas da Gal (ou do barato), dos jornais alternativos tipo *Flor do Mal.* Tempo de dançadas federais. Tempo de fumaça, de lindos sonhos dourados e negra repressão. Tempos de Living Theater expulso do país, do psicodelismo invadindo as ruas para ganhar seus contornos tropicais. Tempos da festa que causou esta rebordosa de agora, e primeiras *overdoses* (Janis, Jimi). Eu estava lá. Metido até o pescoço: apavorado viajante.

De alguns textos (como "Retratos"), sou capaz de lembrar até a hora e a cor do dia em que escrevi (no apartamento de meu primo Francisco Bittencourt, sobre o Cinema Roxy, em Copacabana). De outros (como "Eles"), não consigo lembrar absolutamente nada. Nem sequer precisar de onde exatamente brotaram – de que região submersa da cabeça, de que fugidia impressão do real. Mistério. Revê-los foi como rever a mim mesmo. Com algum mau humor pelas ingenuidades cometidas. Eles se ressentem do excesso: são repetitivos (pés, margaridas, sinas, anjos, maldições), paranóicos e, freqüentemente, pudicos demais. Afinal, eu tinha pouco mais de vinte anos. Eu só estava tateando. Como ainda estou. E não sei se isso justifica.

Tive impulsos fortes de desistir. De não enfrentar, ou publicar tudo exatamente igual à primeira edição ou, finalmente, não publicar nada. Mas fiquei pensando que – quem sabe? –, mesmo com todas as falhas e defeitos, este *Ovo* talvez sirva ainda como depoimento sobre o que se passava no fundo dos pobres corações e mentes daquele tempo. Amargo, às vezes violento, embora cheio de fé. Essa mesma que me alimenta até hoje, e que me faz ser capaz – como neste momento – de ainda me emocionar ouvindo os Beatles cantarem coisas como "all you need is love, love, love". Terminada a revisão, fica uma certeza não sei se boa ou meio suicida de que, apesar de tudo, não arredei um pé das minhas convicções básicas.

Na época, foi difícil publicá-lo. Da primeira edição, foram cortados alguns trechos (incluídos nesta) considerados "fortes" pela instituição cultural que o co-editou. Foram também eliminados três textos "imorais", que não incluí nesta porque tornariam o livro ainda mais repetitivo do que ele já é. E finalmente, lembrando a longa batalha pela publicação, não posso deixar de dedicá-lo, com imenso carinho e saudade, à memória de uma pessoa linda, sem a qual este *Ovo* não teria saído das gavetas burocráticas: Lígia Morrone Averbuck. Lá do outro lado, talvez ela sorria, cúmplice. Ou complacente.

Caio Fernando Abreu
São Paulo, agosto de 1984

A L F A

They are playing a game. They are playing at not playing a game. If I show them I see they are. I shall break the rules and they will punish me. I must play their game, of not seeing I see the game.

R. D. Laing: *Knots*

NOS POÇOS

Primeiro você cai num poço. Mas não é ruim cair num poço assim de repente? No começo é. Mas você logo começa a curtir as pedras do poço. O limo do poço. A umidade do poço. A água do poço. A terra do poço. O cheiro do poço. O poço do poço. Mas não é ruim a gente ir entrando nos poços dos poços sem fim? A gente não sente medo? A gente sente um pouco de medo mas não dói. A gente não morre? A gente morre um pouco em cada poço. E não dói? Morrer não dói. Morrer é entrar noutra. E depois: no fundo do poço do poço do poço do poço você vai descobrir quê.

RÉQUIEM POR UM FUGITIVO

Não que eu tivesse medo. Mas ele era excessivamente pálido. Mesmo sem ter nunca encarado o seu rosto eu já sabia de sua palidez, como sabia de sua frieza sem precisar tocá-lo. Estava ali desde muito tempo, desde antes de mim. Eu o via desde muito pequeno, quando minha mãe abria o guarda-roupa e eu conseguia perceber no meio dos vestidos as suas mãos demasiado longas. No começo não tinha voz para perguntar quem era, o que fazia. E quando finalmente tive voz e tive movimentos, já não era necessária nenhuma pergunta, nenhuma curiosidade. Sabia-o ali, no meio dos vestidos e dos chapéus. Sabia-o ali, pálido e frio, praticamente ausente. Às vezes me comoviam a sua solidão e a sua lealdade: nunca vira minha mãe agredi-lo mas, por outro lado, também nunca a vi tomar conhecimento dele. Nem por isso ele solicitava qualquer atenção. Estava apenas ali, tangível e remoto como a parede do fundo do guarda-roupa.

Quando cresci um pouco ganhei um quarto só para mim, o que impôs uma distância maior entre nós. Mesmo assim eu não esquecia dele. Em parte porque seria impossível esquecê-lo, em parte também, principalmente, porque não desejava isso. É verdade, eu o amava. Não com esse amor de carne, de querer tocá-lo e possuí-lo e saber coisas de dentro dele. Era um amor diferente, quase assim feito uma segurança de sabê-lo sempre ali, quando minha mãe saía e eu ficava sozinho ou quando havia tempestade. Mais ou menos como essa coisa que as pessoas são capazes de sentir por um móvel ou um objeto muito antigos. A única diferença era que eu não admitia que ninguém mais pensasse assim. Para ser mais claro: eu tinha ciúme. Nada sei a respeito de sua vida privada, mas às vezes chegava... por assim dizer... bem, chegava a desconfiar dele com minha mãe. Hoje é a primeira vez que tenho coragem de admitir isso, porque uma coisa terrível aconteceu.

Muitas noites eu ficava tenso na minha cama, procurando ouvir ruídos – *certos* ruídos – no quarto de minha mãe. Para ser justo, devo dizer que nunca ouvi nada. Claro que de vez em quando alguma madeira estalava no teto, algum rato ensaiava uma corrida furtiva, ou acontecia qualquer outro desses rumores noturnos. São coisas corriqueiras essas, que acontecem, suponho, em qualquer casa – e digo *suponho* porque nunca vivi em outra casa que não a minha. Mesmo sabendo disso, eu me contraía cheio de suspeita e mágoa. Imaginava-os na cama, fazendo amor, e isso me doía mais, muito mais do que qualquer outra coisa, a não ser a que aconteceu hoje de manhã.

Minha mãe foi muito correta. É verdade que sempre foi viúva, desde que me conheço por gente, mas é verdade também que nunca me tornou cúmplice de sua viuvez. Devia ter seus problemas, claro, mas nunca me tornou participante deles. Ela os resolvia em silêncio, discreta, sabendo que eu sabia, mas sem me impor absolutamente nada. Inclusive a presença dele, ela não me impôs. Não que o tenha ocultado (e essa atitude me faz ter quase certeza que realmente nada havia entre eles): abria sem dissímulo a porta do guarda-roupa e eu espiava para dentro sem que ela impedisse ou estimulasse. Também nunca me falou dele. Nem dele nem de outro qualquer, de dentro ou de fora do guarda-roupa. Não que não tivesse confiança em mim, na verdade nunca demonstrou isso – nem o contrário. Embora não nos falássemos, ela sempre foi muito educada, muito gentil. Não lembro de tê-la ouvido falar alguma vez em voz baixa ou em voz terna, ou mesmo em qualquer outra voz, mas isso não importa: o essencial é que ela nunca gritou. E se é verdade que não chegamos a ter amor um pelo outro, é verdade também que não chegamos a ter ódio. Acredito mesmo que tivéssemos descoberto a forma ideal de convivência e comunicação.

A vida era muito dura. Não chegávamos a passar fome ou frio ou nenhuma dessas coisas. Mas era dura porque era sem cor, sem ritmo e também sem forma. Os dias passavam, passavam e passavam, alcançavam as semanas, dobravam as quinzenas, atingiam os meses, acumulavam-se em anos, amontoavam-se em décadas – e nada acontecia. Eu tinha a impressão de viver dentro de uma enorme e vazia bola de gás, em constante rotação. A vida só se tornava mais lenta quando, aproveitando a ausência de minha mãe, eu abria devagarinho a porta do guarda-roupa para vê-lo. Não ousava encará-lo: acreditava que seria necessária uma longa aprendizagem antes de submetê-lo à visão da minha face. Não que ela fosse excessivamente feia ou disforme, não se trata disso. Mas é que não havia no meu rosto nada de peculiar ou de interessante, nada que fosse digno de seu olhar. Ele tinha um olhar feito somente para coisas dignas, esclareço.

Assim, eu me satisfazia em observar seus pés, suas pernas, até um pouco acima dos joelhos onde repousavam, suspensas, aquelas mãos. E isso era espantoso: os pés, as pernas, os joelhos, as mãos. Era tão maravilhosamente espantoso que eu não suportaria olhar mais adiante, seria demasiado para meus pobres olhos que, ao contrário dos dele, foram feitos para o trivial. Seus pés eram muito magros e estavam descalços. Tinham magníficas falanges de ossos perfeitos e um detalhe que os diferençava de quaisquer outros pés – o segundo dedo era maior que o primeiro, e de uma perfeição indescritível, com sua ponta levemente quadrada e sua unha um pouco azul, como se ele fosse anêmico ou sentisse muito frio. Foi pensando nessa segunda hipótese que, um dia, de cabeça baixa, troquei alguns vestidos de lugar, deixando mais próximo dele o casaco de peles de minha mãe. Acho que não adiantou nada, pois no dia seguinte a unha do segundo dedo continuava azulada, com uma pequena diferença: a meia-lua estava um pouco mais estreita. As suas pernas eu não podia ver, havia aquela roupa branca muito comprida, que escondia inclusive os tornozelos. Ainda assim, podia intuir por baixo do tecido leve a delicadeza de sua ossatura, que se confirmava nas mãos, dignas de qualquer poema, de qualquer tela, de qualquer sinfonia. Sei que fico um tanto ridículo falando delas nesse tom, mas não consigo evitá-lo: quando se quer explicar o inexplicável sempre se fica um pouco piegas. Por isso me eximo de descrevê-las. Digo apenas que estavam ali, paradas, e aqueles pés esplêndidos em muito ficavam lhes devendo. Eram essas mãos que povoavam meus sonhos. Meus sonhos eram repletos dessas mãos, que ora me indicavam caminhos, ora me acariciavam os cabelos, ora dançavam tomadas de vida própria. Acordava assustado com minha própria audácia, chegando a desejar que num dos sonhos elas ensaiassem um gesto mais ríspido para que eu pudesse detestá-las ou temê-las. Mas eram sempre doces, e isso nunca aconteceu.

Foi quando minha mãe morreu, ontem à noite. Eu estava deitado no meu quarto quando a ouvi morrendo. Era um som inconfundível: nenhuma das suas caixinhas de música, nenhum dos ruídos noturnos, nenhum de seus amantes conseguira jamais produzir aquele som. Era escuro e rouco como as coisas que não têm depois. Fiquei a escutar por um instante, sem me abalar, pois sabia que ela morreria um dia, como todas as pessoas, e não me atemorizava nem me surpreendia que esse dia fosse ontem, hoje ou amanhã. Depois de escutar durante uns cinco minutos abandonei as flores de cartolina que costumo fazer e fui até seu quarto. Quando cheguei, o som já havia diminuído de intensidade e, quando a toquei, desaparecera por completo. Deduzi que estava morta. Telefonei para o médico, que veio e confirmou minha suspeita, e depois para a funerária, que a encaixotou e levou. Passei a noite mais insone do que de costume. Restávamos, agora, eu e ele. E eu não sabia como tratá-lo, como comunicar a ele o acontecimento. Imaginava que as pessoas como ele fossem difíceis, sensíveis, e ele era tão mais pálido que as gentes que eu costumava ver pela janela que estava realmente confuso.

Hoje de manhã armei-me de toda coragem e abri a porta do guarda-roupa. Ele estava lá, no mesmo lugar. Foi só então que tive a minha suspeita – pois até esse momento não passara de uma suspeita – confirmada. As dúvidas se diluíram e eu tive certeza: tratava-se *realmente* de um anjo. Não sei se arcanjo ou serafim, mas indubitavelmente, irreversivelmente, inconfundivelmente – um anjo. Olhei-o, então. Acreditei que o momento houvesse chegado, e olhei-o. Confesso que esperava um sorriso ou qualquer outra manifestação dessas de afeto. Mas não houve nada disso. Não pude sequer perceber se era moreno ou louro, castanho ou ruivo. O que aconteceu foi apenas um clarão enorme e um ruído quase ensurdecedor de asas... como se diz mesmo?... ruflando, é isso: um ruído quase ensurdecedor de asas ruflando. Em seguida saiu pela janela aberta, alcançou os galhos mais altos dos plátanos desfolhados e desapareceu. Julguei ainda ouvir a voz dele dizendo que voltaria, mas não explicou quando. Não sei também se disse isso apenas por gentileza, para me consolar, ou se realmente pretende voltar um dia.

O que nunca pensei é que pudesse ser assim tão vazia uma casa sem um anjo. Dentro de mim existe alguma coisa que espera a sua volta, de repente, não sei se pela janela ou se aparecerá novamente no mesmo lugar. Para prevenir surpresas, tenho deixado sempre abertas todas as janelas e todas as portas de todos os guarda-roupas. Enquanto não chega, preparo duas coroas de flores: uma para o túmulo de minha mãe, outra para o guarda-roupa que ele habitava.

GRAVATA

A primeira vez que a viu foi rapidamente, entre um tropeço e uma corrida para não perder o ônibus. Mesmo assim, teve certeza de que havia sido feita apenas para ele. No ônibus, não houve tempo para pensá-la mais detidamente, mas, no dia seguinte, saindo mais cedo do trabalho, parou em frente à vitrine para observá-la. Era nada menos que perfeita na sua cor vagamente indefinível, entremeada de pequenas formas coloridas, em seu jeito alongado, na consistência que pressentia lisa e mansa ao toque. Disfarçado, observou o preço e, em seguida, retomou o caminho. Cara demais, pensou, e enquanto pensava decidiu não pensar mais no assunto.

Quase conseguiu – até o dia seguinte quando, voltando pela mesma rua, tornou a defrontar-se com ela, no mesmo lugar, sobre um suporte de veludo vermelho, escuro, pesado. Um suporte digno de tanta dignidade, pensou. E imediatamente soube que já não poderia esquecê-la. No ônibus, observou impiedoso as gravatas dos outros homens, todas levemente desbotadas e vulgares em suas colorações precisas, sem a menor magia. Pelo vidro da janela analisou sua própria gravata, e decepcionou-se constatando-a igual a todas as outras. Em casa, atarefado na cozinha, dispondo pratos, panelas e talheres para o próprio jantar, conseguiu por alguns momentos não pensar – mas um pouco mais tarde, jornal aberto sobre os joelhos, olhar perdido num comercial de televisão, surpreendeu-se a fazer contas, forçando pequenas economias que permitissem possuí-la. Na verdade, era mais fácil do que supunha. Alguns cigarros a menos, algumas fomes a mais. Deitado, a cama pareceu menos vazia que de costume. Na manhã seguinte, tomou a decisão: dentro de um mês, ela seria sua. Passou na loja, mandou reservá-la, quase envergonhado por fazê-la esperar tanto. Que ela, sabia, também ansiava por ele.

Trinta dias depois ela estava em suas mãos. Apalpou-a sôfrego, enquanto sentia vontade de usar adjetivos pomposos e cintilantes, de recriar toda a linguagem para comunicar-se com ela – o trivial não seria suficientemente expressivo, nem mesmo o meramente correto seria capaz de atingi-la: metafísicas, budismos, antropologias. Permaneceu deitado durante muito tempo, a observá-la sobre a colcha azul. Dos mais variados ângulos, ela continuava a mesma, terrivelmente bela, vaga e inatingível – mesmo ali, sobre a cama dele, mesmo com a nota de compra e o talão de cheques um pouco mais magro ao lado. Olhava os sapatos, as meias, a calça, a camisa – e não conseguia evitar uma espécie de sentimento de inferioridade: nada era digno dela. Um pouco mais tarde abriu o guarda-roupa e então deixou que um soluço comprimisse subitamente seu peito de coração ardente, como duas mãos que apertassem para depois libertá-lo em algumas lágrimas desiludidas. Não era possível. Não podia obrigá-la, tão nobre, a servir de companhia àqueles ternos, sapatos e camisas antigos, gastos, vulgares, cinzentos. Foi depois de olhar perdido para o assoalho que teve como um repente de lucidez. Então encarou agressivo a impassibilidade da gravata e disse:

– Você é minha. Você não passa de um objeto. Não importa que tenha vindo de longe para pousar entre coisas caras na vitrine de uma loja rica. Eu comprei você. Posso usá-la à hora que quiser. Como e onde quiser. Você não vai sentir nada, porque não passa de um pedaço de pano estampado. Você é uma coisa morta. Você é uma coisa sem alma.Você...

Não conseguiu ir adiante. A voz dele estremeceu e falhou bem no meio de uma palavra dura, exatamente como se estivesse blasfemando e Deus o houvesse castigado. Um Deus de plástico, talvez de acrílico ou néon. Olhou desamparado para o sábado acontecendo por trás das janelas entreabertas e, sem cessar, para a colcha azul sobre a cama, logo abaixo da janela e, mais uma vez, para a gravata exposta em seu suporte de veludo pesado, vermelho.

Ele enxugou os olhos, encaminhou-se para a estante. Abriu um dicionário. Leu em voz alta: *Gravata, S.f.: lenço, manta ou fita que os homens, em trajes não-caseiros, põem à roda do pescoço e por cima do colarinho da camisa, atando-a adiante com um nó ou laço. Golpe no pescoço, em algumas lutas esportivas. Golpe sufocante, aplicado com o braço no pescoço da vítima, enquanto um comparsa lhe saqueia as algibeiras.* Suspirou, tranqüilizado. Não havia mistério. Colocou o dicionário de volta na estante e voltou-se para encará-la novamente. E tremeu. Alguma coisa como um pressentimento fez com que suas mãos se chocassem de repente num entrelaçar de dedos. E suspeitou: por mais que tentasse racionalizá-la ou enquadrá-la, ela sempre ficaria muito além de qualquer tentativa de racionalização ou enquadramento. Mas não era medo, embora já não tivesse certeza de até que ponto o olhar dele mesmo revelava uma verdade óbvia ou uma outra dimensão de coisas, inatingível se não a amasse tanto. Essa dúvida fez com que oscilasse, de tal maneira precário que novamente precisou falar:

– Você não passa de um substantivo feminino – disse, e quase sem sentir acrescentou – ... mas eu te amo tanto, tanto.

Recompôs-se, brusco. Não, melhor não falar nada. Admitia que não conseguisse controlar seus pensamentos, mas admitir que não conseguisse controlar também o que dizia lançava-o perigosamente próximo daquela zona que alguns haviam convencionado chamar *loucura*. E essa era a primeira vez que se descobria assim, tão perto dessas coisas incompreensíveis que sempre julgara acontecerem aos outros – àqueles outros distanciados, melancólicos e enigmáticos, que costumava chamar de *os-sensíveis* –, jamais a ele. Pois se sempre fora tão objetivo. Suportava apenas as superfícies onde o ar era plenamente respirável, e principalmente onde os sentidos todos sentiam apenas o que era corriqueiro e normal sentir. Subitamente pensava e sentia e dizia coisas que nunca tinham sido suas.

Então, admitiu o medo. E admitindo o medo permitia-se uma grande liberdade: sim, podia fazer qualquer coisa, o próximo gesto teria o medo dentro dele e portanto seria um gesto inseguro, não precisava temer, pois antes de fazê-lo já se sabia temendo-o, já se sabia perdendo-se dentro dele – finalmente, podia partir para qualquer coisa, porque de qualquer maneira estaria perdido dentro dela.

Todo enleado nesse pensamento, tomou-a entre os dedos de pontas arredondadas e colocou-a em volta do pescoço. Os dez dedos esmeraram-se em laçadas: segurou as duas pontas com extremo cuidado, cruzou a ponta esquerda com a direita, passou a direita por cima e introduziu a ponta entre um lado esquerdo e um lado direito. Abriu a porta do guarda-roupa, onde havia o espelho grande, olhou-se de corpo inteiro, as duas mãos atarefadas em meio às pontas de pano. Sentia-se aliviado. Já não era tão cedo nem era mais sábado, mas se se apressasse podia ainda quem sabe viver intensamente a madrugada de domingo. *Vou viver uma madrugada de domingo* – disse para dentro, num sussurro. – *Basta apertar.* Mas antes de apertar uma coisa qualquer começou a acontecer independente de seus movimentos. Sentiu o pescoço sendo lentamente esmagado, introduziu os dedos entre os dois pedaços de pano de cor vagamente indefinível, entremeado por pequenas formas coloridas, mas eles queimavam feito fogo. Levou os dedos à boca, lambeu-os devagar, mas seu ritmo lento opunha-se ao ritmo acelerado da gravata, apertando cada vez mais. Ainda tentou desvencilhar-se duas, três, quatro vezes, dizendo-se baixinho do impossível de tudo aquilo, o pescoço queimava e inchava, os olhos inundados de sangue, quase saltando das órbitas. Quando tentou gritar é que ergueu os olhos para o espelho e, antes de rodar sobre si mesmo para cair sobre o assoalho, ainda teve tempo de ver um homem de olhos esbugalhados, boca aberta revelando algumas obturações e falhas nos dentes, inúmeras rugas na testa, escassos cabelos despenteados, duas pontas de seda estrangeira movimentando-se feito cobras sobre o peito, uma das mãos cerrada com força e a outra estendida em direção ao espelho – como se pedisse socorro a qualquer coisa muito próxima, mas inteiramente desconhecida.

OÁSIS

Para
José Cláudio Abreu,
Luiz Carlos Moura
e o negrinho Jorge

A brincadeira não era difícil: bastava que nos concentrássemos o suficiente para conseguirmos transformar tudo que havia em volta. E treinados como estávamos nas imaginações mais delirantes, era relativamente fácil avistar um deserto na rua comprida e um oásis no arco branco do portão do quartel, lá no fundo. Algumas vezes tentamos iniciar um ou outro guri da nossa idade, mas eles não conseguiam nunca chegar até o fim. Os mais persistentes alcançavam a metade do caminho, mas era mais comum rirem de saída e irem cuidar de outra coisa. Talvez porque, ao contrário de nós três, nunca houvessem visto o quartel por dentro, com seus lagos, cavalos, alamedas calçadas, eucaliptos, cinamomos, soldados.

Acho mesmo que foi naquela tarde em que visitamos o quartel pela primeira vez que a brincadeira nasceu. Absolutamente fascinados, sentimos necessidade de vê-lo mais e mais vezes, principalmente ficamos surpresos por não termos jamais imaginado quantas maravilhas se escondiam atrás daquele portão branco, e tão tangíveis, ali, no fim da rua de nossa casa. Não sei de quem partiu a idéia mas, seja de quem foi, ele foi muito sutil ao propô-la, disfarçando a coisa de tal jeito que não suspeitamos tratar-se de apenas um pretexto para visitar mais vezes o quartel. Claro que não confessaríamos claramente nosso fascínio, tão empenhados andávamos em, constantemente, simular um fastio em relação a todas as coisas. Fastio esse que, para nós, era sinônimo de superioridade.

Era preciso bastante sol para brincar – fazíamos questão de ficar empapados de suor e de sentirmos sobre as cabeças aquela massa amarela quase esmagando os miolos. Era preciso também que não houvesse chovido nos dias anteriores, pois, por mais hábeis que fôssemos para distorcer pequenos ou grandes detalhes, não o éramos a ponto de aceitar um deserto lamacento. Quando todas essas coisas se combinavam, a proposta partia de qualquer um de nós.

Brincar de oásis era a senha, e imediatamente caíamos no chão, ainda desacordados com o choque produzido pela queda do avião onde viajávamos, depois lentamente abríamos os olhos e tateávamos em volta, no meio da rua, tocando as pedras escaldantes da hora de sesta. Quase sempre Jorge voltava a fechar os olhos, dizendo que preferia morrer ali mesmo do que ficar dias e dias se cansando à toa pelo deserto. E quase sempre eu apontava para o arco no fim da rua, dizendo que se tratava de um oásis, que meu avião já havia caído lá uma vez e que, enfim, tinha experiência de caminhadas no deserto. Em seguida Luiz investigava os bolsos e apresentava algum biscoito velho, acrescentando que tínhamos víveres suficientes para chegar lá. Convencido Jorge, tudo se passava normalmente. Aos poucos nossas posturas iam decaindo: no fim da primeira quadra, tínhamos os ombros baixos, as pernas moles – na altura do colégio das freiras começávamos a tropeçar e, para não cair, nos segurávamos no muro de tijolos musguentos.

A partir do colégio as casas rareavam, e além de algumas pensões de putas não havia senão campo, cercas de arame farpado e a poeira solta e vermelha do meio da rua. Então, sem nenhum pudor, andávamos nos arrastando enquanto algumas daquelas mulheres espantosamente loiras nos observavam das janelas por baixo das pálpebras azuis e verdes, pintando as unhas e tomando chimarrão embaixo das parreiras carregadas. Tudo se desenvolvia por etapas que eram vencidas sem nenhuma palavra, sem sequer um olhar. Raramente alguém esquecia alguma coisa. Apenas uma vez Jorge não resistiu e, interrompendo por um momento a caminhada, pediu um copo d'água para uma daquelas mulheres. Eu e Luiz nos entreolhamos sem falar, escandalizados com o que julgávamos uma imperdoável traição. Mas a tal ponto nos comunicávamos que, mal voltou, a água ainda pingando do queixo, Jorge justificou-se com um sorriso deslavado:

– Foi uma miragem.

A partir de então as miragens se multiplicaram: vacas que atravessavam a rua, pitangueiras no meio do campo, alguma pedrada num passarinho mais distraído. Chegávamos no portão e ficávamos olhando para dentro, sem coragem de entrar, com medo dos dois soldados de guarda. Lá dentro: o paraíso. Mas era como se tivéssemos entrado: voltávamos novamente eretos, bem-dispostos, com as peças para consertar o avião caído e que, sem a menor explicação, tínhamos encontrado entre duas palmeiras.

Houve um verão de seca tão intensa, sol, poeira, sede e crepúsculos esbraseados, que brincávamos quase todos os dias. Acabamos fazendo amizade com um soldado que ficava de guarda às segundas, quartas e sextas. Aos poucos, então, começamos a suborná-lo, usando os métodos mais sedutores, adestrando-nos em cinismos. Começamos por mostrar a ele figurinhas de álbum, depois levando revistas velhas, biscoitos, rapaduras, pedaços de galinha assada do almoço de domingo, garrafas vazias e, finalmente, até mesmo alguma camisa que misteriosamente desaparecia do varal de casa. Mas a vitória só foi consumada quando Dejanira, a empregada, entrou em cena. Com muito tato, conseguimos interessar o soldado numa misteriosa mulata que espiava todos os dias a sua passagem para o quartel, de manhã cedinho, escondida atrás da janela da sala. Era uma mulata tímida e lânguida, que fazia versos às escondidas e pensava vagamente em suicídio nas noites de lua cheia. Dejanira parecia um nome muito vulgar para uma criatura de tais qualidades, então tornamos a batizá-la de Dejanira Valéria e, pouco a pouco, fomos acrescentando mais e mais detalhes, até conseguir enredar o soldado a um ponto que ele chegava a nos convidar para entrar no quartel. Antes do avião cair nos esmerávamos em forjar bilhetes cheios de solecismos e compor versos de pé quebrado em folhas de caderno, sensualmente assinados por *docemente tua, Dejanira Valéria*, numa caligrafia que Luiz caprichadamente enchia de meneios barrocos altamente sedutores. E na hora do banho Dejanira não entendia por que a tratávamos com tanto respeito, chamando-a candidamente de *doce Valéria*, até que nos enchia de cascudos e palavrões. Mas a confiança do soldado estava ganha: já agora se empenhava em nos agradar, atraindo-nos para dentro do quartel e permitindo que ficássemos horas zanzando pelo pátio calçado, as árvores pintadas de branco até a metade, os cavalos de cheiro forte e crina cortada, apitos, continências, bater de pés e outras senhas absolutamente incompreensíveis e deslumbrantes em seu mistério. Coisas estranhas se passavam ali, e tínhamos certeza de estarmos lentamente ingressando numa espécie de sociedade mágica e secreta.

Foi quando, uma tarde, tudo se passando exatamente como das outras vezes, nos encontramos os três parados à frente de um portão sem guarda. Não conseguimos compreender, mas estávamos tão habituados a entrar e a passar despercebidos que, como das outras vezes, entramos. Havia um movimento incomum lá dentro: carroças se chocavam, armas passavam de um lado para outro, soldados corriam e gritavam palavrões, o chão estava sujo de esterco, os cavalos todos enfileirados. Conseguimos passar mais ou menos incógnitos pelo meio da babilônia, até chegarmos numa sala onde nunca estivéramos antes. Examinamos as paredes vazias, depois descobrimos num canto, sobre uma mesa, um estranho aparelho cheio de fios. Jorge descobriu um microfone e, por algum tempo, ficamos ali parados, sem compreender exatamente o que era aquilo, mas certos de que se tratava de uma peça importantíssima para o funcionamento de toda a organização.

Estávamos tão entretidos na descoberta que não percebemos quando entraram dois soldados com fardas diferentes das dos outros, com penduricalhos coloridos nos ombros. Fui o primeiro a vê-los, mas não foi possível avisar os outros: os soldados já avançavam sobre nós, vermelhos, segurando-nos pelos ombros e nos sacudindo até que Jorge começasse a chorar e a chamar pela mãe. Falavam os dois ao mesmo tempo, aos berros. Depois, com mais alguns trancos, nos jogaram num canto. Um deles, de enorme bigode preto, avançou para nós e, com uma voz que me pareceu completamente hedionda, disse que ficaríamos presos até aprendermos a não nos meter onde não era da nossa conta. Ainda discutiu um pouco com o outro, que parecia estar do nosso lado, pelo menos torcemos para que fosse assim. Mas não adiantou nada: o de bigode enorme disse que era só um susto, e saiu nos empurrando até a prisão.

Era um quartinho ainda menor que o de Dejanira, infinitamente mais sujo e frio, apesar de todo o calor que fazia lá fora, com uma janelinha gradeada na altura do teto. Ficamos ali durante muito tempo, incapazes de dizer qualquer palavra, num temor tão espesso que não era preciso evidenciá-lo através de um grito. Jorge chorava, eu e Luiz nos encolhíamos contra as paredes. Pensamentos terríveis cruzavam a minha cabeça, pelotões, fuzilamentos, enquanto uma dor de barriga se tornava cada vez mais insuportável, até escorregar pelas pernas numa massa visguenta.

Já era noite quando vimos com alívio a porta se abrir para dar passagem ao soldado nosso conhecido. Sem falar nada, fomos levados para casa num jipe militar. Mamãe estava descabelada, as vizinhas todas em volta, as luzes acesas: entramos na sala pela mão do soldado, que falou rapidamente coisas que não conseguimos entender, enquanto todo mundo nos envolvia em beijos e abraços, logo contidos quando perceberam meu estado lastimável. Mamãe disse que a culpada era Dejanira, que não cuidava de nós; papai disse que a culpada era mamãe, que nos entregava a Dejanira; Dejanira disse que os culpados éramos nós, uns demônios capazes de enlouquecer qualquer vivente; mamãe disse que Dejanira era uma china desaforada, e que demônios eram os da laia dela, e que o culpado era papai, que achava que em criança não se bate; Dejanira disse que não ficava mais nem um minuto naquela casa de doidos; papai disse que mamãe não nos dava a mínima; mamãe disse que era uma verdadeira escrava e que os homens só queriam mesmo as mulheres para *aquilo*; papai disse que não podia dar atenção a seus faniquitos na hora em que o país atravessava uma crise tão grave. E acabaram os três gritando tão alto quanto os dois soldados de farda diferente, com penduricalhos coloridos nos ombros.

Depois do banho assistimos à partida de uma Dejanira nem um pouco Valéria e muito menos lânguida: jogava as roupas na mala e resmungava desaforos em voz baixa. Doía vê-la ir embora, mas as chineladas e a vara de marmelo doeram muito mais.

Fomos postos na cama sem jantar. Ficamos muito tempo acordados no escuro, ouvindo o som do rádio que vinha da sala e os passos apressados na rua. Antes de dormir ainda ouvi a voz de Jorge perguntando a Luiz o que era uma revolução, e um pouco mais tarde a voz de Luiz, apagada e hesitante, dizer que achava que revolução era assim como uma guerra pequena. Mais tarde, não sei se sonhei ou se pensei realmente que os aviões não caíam no meio das ruas, e que as ruas não eram desertos, e que portões brancos de quartéis não eram oásis. E que mesmo que portões brancos de quartéis fossem oásis e cinamomos pintados de branco até a metade fossem palmeiras, não se encontraria nunca uma peça de avião no meio de duas palmeiras. E por todas essas coisas, creio, soube que nunca mais voltaríamos a brincar de encontrar oásis no fim das ruas. Embora fosse muito fácil, naquele tempo.

VISITA

Era perfectamente natural que te acordaras de él a la hora de las nostalgias, cuando uno se deja corromper por esas ausencias que llamamos recuerdos y hay que remendar con palabras y con imágenes tanto hueco insaciable.

Julio Cortázar: *Final del juego*

Eu gostaria de ficar para sempre ali, parado naqueles degraus gastos, sentindo as sombras se adensarem no jardim que ficava logo após aqueles degraus onde eu pisava agora, estendidos até o portãozinho enferrujado que há pouco eu abrira, ouvindo os rumores da rua coados pela espessa folhagem, olhando seu rosto envelhecido e doce, com os cabelos presos na nuca e um velho camafeu sobre a gola de renda, tudo um pouco antigo, como se ela gostasse de tocar piano quando entardecia, bebericando qualquer coisa leve como um chá de jasmins, enquanto as sombras na escada ficavam mais e mais densas, até que os ruídos das crianças fossem amortecendo nas calçadas e de repente ela percebesse ter ficado completamente no escuro, apesar das luzes da rua refletidas com um brilho frio nos cristais empoeirados do armário, e então.

Então ela me olhava com seus olhos gentis acostumados à sombra e talvez não distinguisse bem meus contornos contra a rua ainda batida de sol, mas não fiz um movimento antes de perceber que seus lábios abriam-se amáveis, como num sorriso, um sorriso antigo, desses dirigidos a um fotógrafo de aniversário, e para não perturbá-la disse apenas que queria ver o quarto dele, e achei difícil dizer qualquer coisa, e não consigo lembrar se realmente disse ou apenas meti a mão no bolso para mostrar um amassado recorte de jornal, sem dizer nada, e então o seu sorriso se alargasse mais, compreendendo, mas ainda assim discreto, e ela afastasse lentamente o corpo como dizendo que estava às ordens e depois me conduzisse pelo corredor silencioso e atapetado e eu visse os retratos dos velhos parentes mortos dispostos pela parede e juntando ao acaso os olhos claros de um, o vinco no canto da boca de outro, a mecha rebelde no cabelo de um terceiro, o ar solitário de um quarto – e antes que ela se detivesse aos pés da escada, os dedos da mão esquerda postos sobre o corrimão branco, um pouco espantada com a minha demora –, mas antes disso eu já tivesse tido tempo suficiente para recompor o rosto dele, traço por traço de seus velhos parentes mortos, e como uma garra áspera me apertasse então a memória e para não sufocar eu olhasse rapidamente a salinha com móveis de madeira e palha e visse a um canto o piano entreaberto com a xícara de chá de jasmins e um fino fio de fumaça ainda subindo e depois.

E depois sorrisse para ela, também amavelmente, e subisse devagar a escada, acompanhando o ritmo de seus passos, e visse seus sapatos de saltos grossos, e desviasse o olhar para minha própria mão, tão branca quanto o corrimão da escada, e voltasse a mesma garra áspera na minha garganta e pensasse, então, pensei nos dedos dele, todos os dias, fazia tanto tempo, desbravando o mesmo caminho pelo corrimão empoeirado, sentindo o vago cheiro de mofo se desprender de todos os cantos e novamente parasse, opresso, e novamente ela me acudisse, à porta do quarto, dizendo em voz baixa, tão baixa que tento lembrar se ela realmente chegou a dizer alguma coisa como: era aqui que ele morava: e abrisse a porta com seus gestos lentos e acendesse a luz e então.

Então julguei ver nos olhos dela um brilho fugitivo de lágrima muitas vezes contida, e antes de entrar pensei ainda, quase ferozmente, que bastava voltar as costas e descer correndo as mesmas escadas, sem tocar no corrimão, passar pela porta entreaberta da sala sem olhar para o piano, atravessar o corredor sem erguer os olhos para a galeria de retratos e alcançar a porta carcomida e novamente o jardim e novamente abrir o portãozinho enferrujado e sair para a rua quente de sol e de vida, mas.

Mas sem fazer nenhuma dessas coisas, desviar-me de seu corpo frágil e penetrar no quarto e saber, então, que já não poderei dar meia-volta para ir embora e.

E dentro do quarto, olhar para os livros desarrumados nas prateleiras, a cama com os lençóis ainda fora do lugar, como se há pouco alguém tivesse se erguido dali, e uma reprodução qualquer na parede, talvez uma figura disforme de Bosch que mais tarde eu olharia com atenção, tocando talvez, talvez tocasse no papel amarelado e sorrisse pensando em todos os monstros que ele carregava consigo sem jamais mostrá-los a ela, que dizia não ter tocado em nada, toda de preto, apenas aquele camafeu de marfim no pescoço, e eu pensasse em prendê-la um momento mais até que ela tocasse com os dedos da cor do camafeu nos veios duros da porta e não dissesse nada, como se tudo em volta se obscurecesse e de repente apenas aquele movimento dos dedos sobre os veios duros da madeira da porta tivesse vida, embora fosse morte, e também essa coisa que chamamos saudade e que é preciso alimentar com pequenos rituais para que a memória não se desfaça como uma velha tapeçaria exposta ao vento. Ela já não sorri. Apenas diz que é melhor que eu fique sozinho, e fecha a porta, e se vai, depois, deixando-me enredado num movimento que preciso escolher, porque não é possível permanecer para sempre estático no meio do quarto, atento apenas ao rápido e confuso desenrolar da memória. Mas nada faço. Permaneço em pé no meio do quarto e a porta se fecha sobre mim. E vejo os telhados onde jogávamos migalhas de pão para os passarinhos, escondidos para não assustá-los, até que eles viessem, mas não vinham nunca, era difícil seduzir os que têm asas, já sabíamos, mas ainda assim continuávamos jogando migalhas que a chuva dissolvia, intocadas. Não era difícil vê-lo ali, e ouvir seus passos longos subindo de dois em dois os degraus para abrir a porta e ficar me olhando sem dizer nada, até que nos abraçássemos e eu sentisse, como antigamente, a mecha rebelde de seu cabelo roçar-me a face como uma garra áspera e então soubesse nada ver, nada ouvir, e movimentasse meu corpo parado no meio do quarto para a cama sob a janela e mergulhando a cabeça nos lençóis desarrumados procurasse uma espécie de calor, imune ao tempo, às traças e à poeira, e procurasse o cheiro dele pelos cantos do quarto, e o chamasse com dor pelo nome, o nome que teve, antigamente, e nada encontrasse, porque tudo se perde e os ventos sopram levando as folhas de papel para longe, para além das janelas entreabertas sobre o telhado onde não restam mais migalhas para os pássaros que não vieram nunca. Mas não choro, mesmo que de repente me perceba no chão, buscando uma marca de sapato, um fio de linha ou de cabelo, os cabelos dele caíam sempre, ele os jogava sobre os telhados pelas tardes, repetindo nunca mais, nunca mais, e acreditávamos que um dia seríamos grandes, embora aos poucos fossem nos bastando miúdas alegrias cotidianas que não repartíamos, medrosos que um ridicularizasse a modéstia do outro, pois queríamos ser épicos heróicos românticos descabelados suicidas, porque era duro lá fora fingir que éramos pessoas como as outras, mas nos cantos daquele quarto tínhamos força sangue esperma, talvez febre, feito tivéssemos malária e delirássemos juntos navegando na mesma alucinação que a matéria fria da guarda da cama não traz de volta, porque tudo passou e é inútil continuar aqui, procurando o que não vou achar, entre livros que não me atrevo a abrir para não encontrar seu nome, o nome que teve, e certificar-me de que a vida é exatamente esta, a minha, e que não a troquei por nenhuma outra, de sonho, de invento, de fantasia, embora ainda o escute a dizer que compreende que alguns outros devem ter sentido a mesma dor, e a suportaram, mas que esta dor é a dele, e não a suportaria, e saber que tudo isso se perdeu como o calor do chá de jasmins esquecido sobre o piano, e então.

E então tornar-me duro e pensar que tudo não passou de uma vertigem, e recusar o testemunho dolorido da memória e a mesma luz roxa de entardecer atravessando os verdes e os vidros para projetar sombras disformes na parede branca, e sacudir os ombros como se fosse real toda a poeira que existe sobre eles, e quase poder ver os pequenos átomos brilhantes dançando um pouco no ar antes de se depositarem sobre o tapete, os livros, a cama desfeita, e depois.

Depois apagar a luz e descer outra vez pelos degraus, mas não olhar para os dedos quase confundidos com o branco da escada, e passar pela sala e falar com ela sem que me veja e atravessar o corredor e vê-la junto ao piano e atravessar a porta e sair para os degraus e ultrapassar o jardim como se pudesse esquecer tudo que não vi, mas um momento antes de abrir o portão olhar para trás e fosse, então, como se a visse tão diluída que não soubesse se está realmente ali e perguntasse a ela qualquer coisa, em voz tão alta que as pessoas na rua parassem para olhar e eu tivesse certeza de que ela me escuta, que não está sentada junto ao piano, com o chá esfriando na sala escura e roxa, tão alto que a obrigue a voltar-se e encarar-me e dizer duramente que sim, que não, que tudo isso não é verdade, que todos nós, eu, ela, ele, todos os degraus e todas as sombras e todos os retratos fazemos parte de um sonho sonhado por qualquer outra pessoa que não ela, que não ele, que não eu.

ASCENSÃO E QUEDA DE ROBHÉA, MANEQUIM & ROBÔ

Para
Elke Maravilha, ex-Bell, ex-Evremidis

I

Não foi difícil contê-los. No sétimo dia morriam pelas esquinas em estilhaços metálicos e ruídos de ferragens. A epidemia se alastrara de tal modo que se tornara muito fácil surpreendê-los. Os policiais nem mais se preocupavam em armar ciladas, disfarçando-se de civis para poderem acompanhar e prevenir a evolução da peste. Os *contaminados* – assim haviam sido chamados pelo Poder – não suportavam o processo por mais de uma semana. Findo esse prazo, tombavam pelas praças e ruas, os olhos de vidro explodindo em pedacinhos coloridos, as engrenagens enferrujadas não obedecendo às ordens dos cérebros enfraquecidos. Alguns tomavam doses enormes de estimulantes para que o cérebro, funcionando em sua quase totalidade, enviasse ordens cada vez mais violentas aos membros entorpecidos. Mas os nervos tornados frágeis pela modificação súbita não resistiam muito tempo – e o primeiro sintoma da derrocada era a explosão dos olhos.

Milhares de olhos espatifados enchiam as avenidas. Os mais práticos procuravam as oficinas: mecânicos azeitavam rótulas e, no terceiro dia, todas as oficinas haviam se transformado em hospitais. Sabendo disso, e da possibilidade de, a cada dia, os contaminados descobrirem mais e mais formas de sobrevivência, o Poder retirou das farmácias todo o estoque de estimulantes e ordenou o fechamento de todas as oficinas. Legiões fugiam em direção ao campo, corriam boatos de que era a proximidade com as máquinas o que provocava as mutações. Mas sabendo também da possibilidade de se formarem grandes comunidades rurais, o Poder fechou todas as saídas das cidades. Então eles morriam feito ratos, sem que fosse necessário sequer procurá-los. Seus pedaços eram recolhidos tediosamente pelos caminhões de limpeza e encaminhados aos ferros-velhos, onde seriam vendidos como sucata.

Esperava-se também que, em breve, a epidemia fosse completamente esquecida pela faixa dita *normal* da população, e futuramente braços e pernas e seios e pescoços pudessem ser utilizados como objetos decorativos. Esperava-se ainda industrializar estilhaços de olhos para transformá-los em contas coloridas que seriam utilizadas na confecção de colares cheios de *axé*, para serem vendidos a turistas ávidos de exotismo. Esperava-se enfim conseguir a união entre as classes média e alta com as camadas sociais mais baixas pois, com todos utilizando objetos de origem ex-humana como decoração ou indumentária, estariam mais ou menos nivelados. Assim, tão logo começou a derrocada, o Poder divulgou comunicado aos órgãos de imprensa dizendo de seu interesse em aproveitar da melhor maneira possível os restos mortais dos contaminados. Houve grande entusiasmo por parte das indústrias, lojas de decoração, butiques e confecções - e imediatamente os ferros-velhos começaram a ser freqüentados por senhoras ricas e extravagantes. A crise parecia vencida. O Poder aumentou seu prestígio junto ao povo por ter sabido, uma vez mais, superar tudo de maneira tão eficiente e criativa.

II

A epidemia já era coisa do passado quando, em artigos publicados semanalmente, um jornalista começou a investigar as possíveis causas do fenômeno. A princípio a população irritou-se e o jornal baixou assustadoramente as vendas: era o preço que pagava por remexer em assunto tão superado. Mas, não se sabe como nem por que, o jornalista continuou a publicar seus artigos. Comentou-se que seria amante da duquesa proprietária do jornal, segundo alguns, ou amante do marido da duquesa proprietária do jornal, segundo outros, ou ainda amante de ambos, em bacanais verdadeiramente dionisíacas, segundo terceiros. Contradizendo esses rumores, ventilou-se também que o jornalista seria um impotente sexual assalariado por uma poderosíssima organização estrangeira, especialmente para minar o prestígio do Poder.

Talvez devido a esses boatos, ou mesmo porque o povo não havia realmente esquecido a *Peste Tecnológica* – como fora chamada para efeitos sociológicos –, ou ainda porque algumas das hipóteses aventadas pelo jornalista, e que não vêm ao caso, fossem bastante viáveis, o fato é que uns quinze dias mais tarde o jornal dobrou sua tiragem e o assunto passou a ser comentado nos bares da moda. Os costureiros lançaram a *linha-robô*, com roupas inteiramente de aço e maquiagem metálica, os oculistas criaram novas lentes de contato acrílicas, especialmente para dar aos olhos o efeito do vidro. Surgiram novos manequins, de movimentos endurecidos e olhos vidrados. Tornou-se extremamente chique freqüentar oficinas mecânicas em vez de saunas, academias de dança ou institutos de beleza. E o jornalista começou a sair na capa das revistas mais famosas, sucediam-se entrevistas e debates e depoimentos em programas de televisão, até mesmo um curta-metragem financiado pelo Poder e dirigido por um rebelde premiado no estrangeiro foi feito especialmente para mostrar a residência do novo mito das comunicações. Um chalezinho em chumbo, totalmente mecanizado, com plataformas no banheiro para lavagens parciais e totais.

Mais tarde, o jornalista cedeu seu nome e imagem para a publicidade de determinado óleo de determinada firma. Tornou-se tão conhecido como os mais conhecidos ídolos de futebol e da televisão. Aos poucos, as mulheres descobriam encantos secretos em seus ombros magros, seus olhinhos míopes e sua calva luzidia. Uma famosa atriz de telenovelas apaixonou-se por ele, abandonando sem hesitar o marido fiel e dois filhos em idade pré-escolar para cortar os pulsos e ingerir uma dose excessiva de barbitúricos, sendo providencialmente socorrida pelo mecânico que lhe fazia massagens às segundas, quartas e sextas. Amainado o escândalo, ambos concederam sóbria entrevista, afirmando serem apenas bons amigos e, um mês mais tarde, oficializaram seus divórcios casando-se num pequeno país vizinho. Tornaram-se o símbolo da nova mentalidade, e sua casa passou a ser freqüentada por escritores inéditos, atores em ascensão, manequins promissoras, costureiros inovadores, jornalistas em evidência, *marchands* sensibilíssimos, diretores de cinema alternativo e todos, afinal, que de uma ou outra forma procuravam contribuir para a evolução da cultura ocidental.

O Movimento Tecnológico – que a essa altura já influenciava seriamente a música, a literatura, as artes plásticas, a moda e demais formas de expressão – ultrapassou as limitadas fronteiras do país para atingir o mundo inteiro. O índice de exportações aumentou incrivelmente, o país viu crescer suas divisas, artistas estrangeiros e turistas animados invadiam as cidades e as praias. E um tempo de prosperidade começava.

III

Enquanto isso, em porões de um beco escuro, reproduziam-se como coelhos os remanescentes da epidemia. Quatro deles haviam-se isolado de rumores e máquinas, levando consigo uma grande quantidade de latas de óleo e estimulantes para sua manutenção e, como não fossem descobertos, organizaram aos poucos outro sistema de vida. Já eram mais de meia centena apertados em meio às paredes sujas de graxa, fazendo amor em ranger de metais e cintilações dos olhos de vidro. Dispunham-se a sair à superfície para tomarem o Poder quando foram inexplicavelmente descobertos e denunciados.

A rua suspeita foi cercada, os policiais derrubaram as portas com metralhadoras e encurralaram os contaminados contra uma parede úmida onde, com fortes jatos d'água, conseguiram enferrujar lentamente suas articulações. Morreram todos, da mesma maneira que seus precursores – à exceção de uma jovem inteiramente mecanizada, com grandes olhos em vidro rosa e magníficas pernas de aço. Foi imediatamente recolhida à prisão para ser encaminhada a um especialista em computadores, e seu nome e foto saíram em todas as páginas policiais. Seu fim teria sido desgraçadamente o mesmo de seus companheiros, se um famoso costureiro não tivesse se interessado por ela. Foi visitá-la na prisão e, por meio de vários e demorados contatos com figuras influentes, conseguiu libertá-la para mais tarde lançá-la como principal manequim de sua coleção de outono.

A jovem, conhecida artisticamente como Robhéa, alcançou um espantoso sucesso. Galgou todos os degraus da fama em pouquíssimo tempo, acabando por filmar com os cineastas mais em voga no momento, ganhando prêmios e mais prêmios em festivais internacionais e sendo eleita Rainha das Atrizes durante cinco carnavais seguidos. Foi no último carnaval que, sem dar explicações, ela fugiu abruptamente do baile, espatifando a fantasia e repetindo em inglês que queria ficar sozinha. Retirou-se para uma ilha deserta e inacessível, onde viveu até o fim de seus dias. Comentou-se que seria homossexual, e fora obrigada pelos empresários a esconder esse terrível fato do grande público. Uma jovem que fora sua camareira publicou um diário chamado *Minha vida com Robhéa*, *best-seller* durante dez anos seguidos, com edições revistas pela autora, adaptações para rádio, televisão, cinema e fotonovela, proporcionando à ex-camareira a candidatura, ao mesmo tempo, aos Prêmios Nobel da Paz e da Literatura. Excursões e expedições foram organizadas por legiões de fãs em desespero para chegarem até a ilha, guardada por animais selvagens, najas venenosíssimas e plantas carnívoras. Tudo inútil.

Muitos anos depois, os jornais publicaram uma pequena nota comunicando que Robhéa, ex-manequim, ex-atriz de cinema e robô de sucesso em passadas décadas, suicidara-se em sua ilha deserta e inacessível tomando um fatal banho de chuveiro. Seus restos enferrujados e mumificados foram colocados na Praça da Matriz no planalto central e, desde então, foram publicados fascículos com sua vida completa e fotos inéditas, os travestis passaram a imitá-la em seus *shows* e, quando as discussões versavam sobre as grandes cafonas do passado, seu nome era sempre o primeiro a ser lembrado.

RETRATOS

SÁBADO:

Nunca havia reparado nele antes. Na verdade não tem nada que o diferencie dos demais. As mesmas roupas coloridas, os mesmos cabelos enormes, o mesmo ar sujo e drogado. Nunca os vira de perto como hoje. Da janela do apartamento eles pareciam formar uma única massa ao mesmo tempo colorida e incolor. Isso não me interessava. Nem me irritava. Mesmo assim cheguei a assinar uma circular dos moradores do prédio pedindo que eles se retirassem dali. Mas não aconteceu nada. Falaram-me no elevador que alguém muito importante deve protegê-los. Achei engraçado: parecem tão desprotegidos.

Creio que foi isso que me levou a descer até à praça hoje à tarde. Sim, deve ter sido. Não achei nada de estranho neles, nada daquilo que a circular dizia. Só estavam ali, de um jeito que não me ofendia. Um deles sorriu e me fez o retrato. Era como os outros, exatamente como os outros, a única coisa um pouco diferente era aquele colar com uma caveira. Todos usam colares, mas nenhum tem caveira. Uma pequena caveira. O retrato está bom. Não entendo nada de retratos, mas acho que está bom. Vou mandar colocar uma moldura e pregar no corredor de entrada.

DOMINGO:

Saí para comprar o jornal e encontrei com ele. Perguntou se eu queria fazer outro retrato. Eu disse: *já tenho um, para que outro?*

Ele sorriu com uns dentes claros: *faça um por dia, assim o senhor saberá como é seu rosto durante toda a semana.* Achei engraçado. *Você fará sete, então* – eu disse. Ele disse: *sete é um número mágico, farei sete.* Pediu que eu sentasse no banco de cimento e começou a riscar. Observei-o enquanto desenhava. Na verdade, ele não se parece com os outros: está sempre sozinho e tem uma expressão concentrada. De vez em quando erguia os olhos e sorria para mim. Achei estranho porque nunca ninguém sorriu para mim – nunca ninguém sorriu para mim daquele jeito, quero dizer. A mão dele é muito fina, meio azulada. Quando desenha, tem uns movimentos rápidos. Quando não desenha fica parada. Às vezes chega a ficar parada no ar. É tão estranho. Nunca vi ninguém ficar durante tanto tempo com a mão parada no ar.

Enquanto ele desenhava, eu sentia vergonha – estava de terno, aquele terno velho que uso aos domingos, e gravata. Também não tinha feito a barba. A garrafa de leite pesava na minha mão, o jornal começava a manchar as calças de tinta. Por um momento senti vontade de sentar no chão, como eles. Creio que achariam ridículo. Me contive até que terminasse. Quando estendeu a folha eu não pude me conter e disse que tinha gostado mais do de ontem. Ele riu: *sinal que no sábado seu rosto é melhor que no domingo.* Paguei e vim embora. O de hoje está ao lado do de ontem. Pareço mais velho, mais preocupado, embora os traços sejam os mesmos. Amanhã perguntarei seu nome.

SEGUNDA-FEIRA:

Tinha me esquecido dele até a hora de voltar para casa. Trabalhei muito o dia inteiro. Voltei cansado, com vontade de tomar banho e dormir. Ele me encontrou na porta do edifício. *O nosso trato*, disse. Eu disse *ah, sim*, e acompanhei-o até a praça. Ele caminha devagar, não parece perigoso como os outros. Não sei exatamente o que, mas existe nele qualquer coisa muito diferente. Às vezes penso que vai ter uma tontura e cair. É quando fecha os olhos comprimindo uma das mãos contra a cabeça. Acho que sente fome. Pensei em convidá-lo para comer comigo, mas desisti. Os vizinhos não gostariam. Nem o porteiro. Além disso o apartamento é muito pequeno e está sempre desarrumado porque a empregada só vem uma vez por semana. Anda sempre descalço, tem os pés finos como as mãos. Parece pisar sobre folhas, não sei explicar, não existem folhas na praça. Não agora, só no outono. As unhas são transparentes. E limpas.

Quando estava terminando de desenhar, perguntei o seu nome. *O meu nome não são letras nem sons* – ele disse –, *o meu nome é tudo o que eu sou.* Quis perguntar que nome era, mas não houve tempo, ele já me estendia a folha de papel. Paguei e não olhei. Só vim olhar aqui em cima. Fiquei perturbado: não estou mais moço como ontem e anteontem. A cara que ele desenhou é a mesma que vejo naquele espelho da portaria que sempre achei que deforma as pessoas. Coloquei o papel em cima da mesa, ao lado dos outros. Depois achei melhor pregar na parede do quarto, em frente à cama. Espiei pela janela, mas não consegui distingui-lo no meio dos outros.

TERÇA-FEIRA:

Quando saí, pela manhã, procurei por ele. Queria convidá-lo para tomar a média comigo no bar da esquina. Mas não o vi. Ontem à noite fez frio. Ouvi dizer que eles dormem na praia. De madrugada fiquei pensando nele, estendido na areia sobre aquele casaco militar puído que ele tem. Senti muita pena e não consegui dormir. Foi difícil trabalhar hoje. Percebi que a secretária tem as pernas peludas e o chefe está muito gordo. Sei que isso não tem importância, mas não consegui esquecer o tempo todo. De tardezinha, ele me esperou na esquina. Disse: *hoje é o quarto. Faltam três*, eu respondi. E senti um aperto por dentro. Tem uns olhos escuros que ficam fixos, parados num ponto, do mesmo jeito que as mãos no ar. A calça está rasgada no joelho. Nunca o vi falar com ninguém. Os outros ficam sempre em grupo, falando baixinho, olhando com desprezo para os de terno e gravata como eu. Ele está sempre sozinho. E não me olha com desprezo.

Terminou de desenhar e me ofereceu uma margarida junto com o papel. Eu nem tinha reparado que havia margaridas na praça. Para falar a verdade, acho que nunca tinha visto uma margarida bem de perto. Ela é redonda. Não exatamente redonda, quero dizer, o centro é redondo e as pétalas são compridas. O centro é amarelo, cheio de grãos. As pétalas são brancas. Coloquei num copo com água e um comprimido dissolvido dentro, disseram que faz a flor durar mais. O retrato é muito feio. Não que seja malfeito, mas é muito velho, tem uma expressão triste, cinzenta. Fiquei surpreso. Cheguei a sentir medo de me olhar no espelho. Depois olhei. Vi que é a minha cara mesmo. Acho que ele caprichou mais no primeiro porque não me conhecia: agora que sou freguês pode me retratar como realmente sou. Percebi que as vizinhas me observavam quando eu falava com ele.

QUARTA-FEIRA:

O dia custou a passar. São todos tão pesados no escritório que o tempo parece custar mais a passar. Logo que os ponteiros alcançaram as seis horas, apanhei o casaco e desci correndo as escadas. Esbarrei com o chefe no caminho. Percebi que ele caminha mal por causa dos pés inchados. Fiquei olhando para os pés dele: não parece pisar folhas. Na rua, vi uma vitrine cheia de colares, pensei que ele gostaria de um. Achei que seria bobagem, o mês está no fim, o dinheiro anda curto. Mas não me contive. Voltei e entrei na loja. A moça me olhou com uma cara estranha. *É para minha filha*, menti. Trouxe o embrulho pesando no bolso, com medo que ele não estivesse na esquina. Estava. De longe o vi, muito magro e alto. Baixei a cabeça fingindo preocupação. Ia passando por ele, mas me segurou pelo braço. Segurou devagar. Mesmo assim senti a pressão de seus dedos. Fazia frio. Perguntei a ele se não sentia frio. Disse: *não esse mesmo frio que o senhor sente.* Não entendi.

O desenho ficou muito feio. Coloquei-o na parede, ao lado dos outros. Pareço cada dia mais velho. Acho que é porque não tenho dormido direito. Tenho olheiras escuras, a pele amarelada, as entradas afundam o cabelo. Apertei a mão dele. É muito fria. Faltam só dois. Descobri hoje que seus olhos não são completamente escuros. Têm pequenos pontos dourados nas pupilas. Como se fossem verdes. As vizinhas me observavam pelas janelas e falavam baixinho entre si. Pela primeira vez deixei de cumprimentá-las.

QUINTA-FEIRA:

Novamente não consegui dormir. Fiquei olhando os retratos na parede branca. É horrível a diferença entre eles, envelheço cada vez mais. Senti muito medo quando pensei no sétimo retrato. E fechei os olhos. Quando fechei os olhos julguei sentir na testa o mesmo contato frio de sua mão na minha, ontem à tarde. Um toque frio e ao mesmo tempo quente, ao mesmo tempo forte e ao mesmo tempo leve. De repente lembrei do que ele disse no dia em que me deu a margarida. *Flor e abismo.* Ou seria: *flor é abismo?* Não lembro. Sei que era isso. Não sei como tinha esquecido. Levantei para olhar a margarida. Continuava amarela e branca, redonda e longa.

O dia no escritório foi desesperador. Errei várias vezes nos cálculos. Fui grosseiro com a secretária quando ela me chamou a atenção. Ela ficou ofendida, foi fazer queixa ao chefe. Temi que ele me chamasse em sua sala, mas isso não aconteceu. Pretextei uma dor de cabeça para sair mais cedo. Sentei num bar e tomei duas cervejas. Quando botei a mão no bolso senti o peso do colar que não tive coragem de dar a ele. A cidade estava toda cinzenta, embora houvesse sol. As pessoas tinham medo no rosto. Dez para as seis, me levantei. Ele estava no mesmo lugar. Precisei me conter para não correr até ele. Tratei-o com frieza. Mas quando ele disse que o dia estava bonito hoje, não pude me segurar mais e sorri. Estava realmente um bonito dia, as pessoas todas alegres. Não olhei para ele, não quero que pense que sinto inveja ou qualquer coisa assim.

Trouxe o retrato embrulhado. Pela primeira vez, o ascensorista não me cumprimentou nem abriu a porta do elevador. Pareço um cadáver no retrato. Não, é exagero. Estou mesmo muito abatido. Mas não tenho aquela pele esverdinhada. Continua fazendo frio. Amanhã comprarei uma cama, quero convidá-lo para dormir aqui nestas noites frias. Direi que a cama é de minha irmã que está viajando. Não tive coragem de dar a ele o colar, poderia pensar coisas, não sei. Amanhã não comprarei cigarros para poder pagar o último retrato.

SEXTA-FEIRA:

Trabalhei só pela manhã, hoje. Ao meio-dia senti que não suportava mais aquele ambiente, aquelas pessoas pesadas como elefantes esmagando os tapetes, aquelas máquinas batendo. Disse ao chefe que me sentia mal. Ele foi compreensivo. Disse que notou que ando meio abatido. Tirei um vale, menti que era para comprar remédio. Entrei num cinema, assisti a duas sessões seguidas esperando as seis horas. No filme tinha um moço de motocicleta parecido com ele, só parecido, descobri que não existe ninguém igual a ele. Lembrei da minha infância, não sei por que, e chorei. Fazia muito tempo que eu não chorava. Às seis horas, fui até a praça. Mas ele não estava. Subi para tomar banho. Daqui a pouco vou descer de novo. Não sei por que, mas estou chorando outra vez.

MAIS TARDE:

Aconteceu uma coisa horrível. É muito tarde e ele não veio. Não consigo compreender. Talvez tenha ficado doente, talvez tenha sofrido um acidente ou qualquer coisa assim. É insuportável pensar que esteja sozinho, com suas mãos paradas no ar, ferido, talvez morto. Chorei muitas vezes olhando a margarida que ele me deu. Logo hoje que ia desenhar o último retrato, que eu ia dar a ele o colar, convidá-lo para dormir aqui, para comer comigo. Acabei de tomar três comprimidos para dormir, estou me sentindo amortecido. Amanhã talvez ele venha.

SÁBADO:

Acordei muito cedo e fui para a praça. Mas não consegui encontrá-lo. Tomei coragem, aproximei-me dos outros e perguntei onde ele andava. Alguns nem responderam. Outros ficaram irritados, perguntaram *o nome? mas o senhor não sabe nem o nome dele?* Eu fiquei com vergonha de repetir o que ele tinha dito. Não fica bem para um homem da minha idade dizer essas coisas. Ninguém sabia. Descrevi seu jeito, seu rosto, sua calça azul furada no joelho, suas mãos, aos poucos fui perdendo a vergonha e falei no seu caminhar sobre folhas, das suas mãos paradas no ar, seus olhos fixos. Ninguém sabia. Perguntei às vizinhas. Três delas me bateram com a porta na cara, resmungando coisas que não entendi. Outras duas disseram que tinham quartos para alugar, o que também não entendi. Saí a caminhar pela cidade, gastei o resto do dinheiro em cerveja, não consegui encontrá-lo. Telefonei para todas as delegacias e hospitais, fui ao necrotério. Não estava. Voltei para casa todo molhado de chuva, tossindo e espirrando. Caí na cama e dormi.

DOMINGO:

Passei o dia na praça. Ele não apareceu. Levei os retratos comigo. Olhei-os, atentamente. São seis. O último parece um cadáver. Eles me olhavam com desprezo, os retratos. Levei a margarida. Fez calor o dia inteiro. Suei. Esqueci de fazer a barba. À tarde, a secretária passou com o namorado e me viu deitado na grama. Não me cumprimentou e cochichou qualquer coisa com o namorado. Quando já era muito tarde percebi que ele não viria. Nunca mais. Voltei devagar para casa, mas o porteiro não me deixou entrar. Mostrou-me uma circular feita pelas vizinhas dizendo coisas que não li. Vim para o bar onde estou escrevendo. Chove. Talvez ele tenha ido embora, talvez volte, talvez tenha morrido. Não sei. A minha cabeça estala. Eu não suporto mais. Espalhei os retratos em cima da mesa. Fiquei olhando. Despetalei devagar a margarida até não restar mais que o miolo granuloso. O sexto retrato é um cadáver. Acho que sei por que ele não veio. O barulho da chuva é o mesmo de seus passos esmagando folhas que não existiam.

Flor é abismo, repeti.

Flor e abismo. E de repente descobri que estou morto.

BETA

Estive doente
doente dos olhos, doente da boca, dos nervos até.
Dos olhos que viram mulheres formosas
da boca que disse poemas em brasa
dos nervos manchados de fumo e café.
Estive doente
estou em repouso, não posso escrever.
Eu quero um punhado de estrelas maduras
eu quero a doçura do verbo viver.

De um louco anônimo – transcrito por Caco
Barcelos na reportagem "Crime e loucura",
publicada na extinta *Folha da Manhã*,
Porto Alegre, Rio Grande do Sul.

UMA VESTE PROVAVELMENTE AZUL

Eu estava ali sem nenhum plano imediato quando vi os dois homenzinhos verdes correndo sobre o tapete. Um deles retirou do bolso um minúsculo lenço e passou-o na testa. Pensei então que o lenço era feito de finíssimos fios e que eles deviam ser hábeis tecelões. Ao mesmo tempo, lembrei também que necessitava de uma longa veste: uma muito longa veste provavelmente azul. Não foi difícil subjugá-los e obrigá-los a tecerem para mim. Trouxeram suas famílias e levaram milênios nesse trabalho. Catástrofes incríveis: emaranhavam-se nos fios, sufocavam no meio do pano, as agulhas os apunhalavam. Inúmeras gerações se sucederam. Nascendo, tecendo e morrendo. Enquanto isso, minha mão direita pousava ameaçadora sobre suas cabeças.

ELES

O que eles deixaram foram estes três postulados: importante é a luz, mesmo quando consome; a cinza é mais digna que a matéria intacta e a salvação pertence apenas àqueles que aceitarem a loucura escorrendo em suas veias. Nem foram notados a princípio, por isso ninguém sabe dizer a data exata de sua chegada. É provável que desde o começo tivessem se estabelecido no bosque, afinal você sabe que por aqui não há outro lugar onde pessoas como eles pudessem passar assim despercebidas como eles passaram, a princípio. Aqui todos se conhecem, tudo é pequeno e sem mistério, ou era, antes, há apenas esse bosque sobre a colina, e talvez por medo de penetrarem no impenetrável de um mistério qualquer, ou mesmo por preguiça de se movimentarem de seus lugares, os moradores daqui nunca vão ao bosque, ou nunca iam, não sei mais. Apenas alguns namorados, mas muito raramente, porque ao voltarem todos sabiam que tinham ido e as mulheres daqui, as mulheres mais velhas, não perdoam jamais. Por isso, às vezes, eu penso que talvez eles estivessem aqui desde sempre, desde um começo que não se sabe quando começou. E ninguém saberia jamais se aquele menino não tivesse ido lá.

Aqui as pessoas dormiam muito, você sabe, não há sequer lenhadores porque existe o mar do outro lado, e é sempre mais fácil pescar do que derrubar árvores. Naquele tempo, as pessoas dormiam, pescavam, à noite colocavam suas cadeiras na frente das casas e ficavam olhando o céu. Às vezes apareciam luzes estranhas no céu, luzes estranhas fazendo estranhos percursos, mas nem isso os interessava, antes. Eu? Eu não tenho importância, não procure saber nada sobre mim porque ninguém saberá dizer, nem eu próprio, estou apenas contando esta história que não é minha e a que assisti como todos os outros habitantes da vila assistiram, talvez com um pouco mais de lucidez, eu, mas de qualquer forma, embora a bomba esteja nas minhas mãos, estamos todos no mesmo barco, no mesmo beco.

Se você quer ouvir, ouça. Mas não pergunte nada além do que eu direi, porque eu não saberia dizer, ou talvez não devesse, ou talvez mesmo eu chegue a dizer – por que não? Se você não quiser ou achar que estou mentindo ou que a história é desinteressante, diga logo, você não precisa ouvir, ninguém precisa ouvir: eu só queria que vocês soubessem que eles estão aqui, no meio de vocês, ainda que vocês não queiram ou não saibam.

Mas como eu ia dizendo, se aquele menino não tivesse ido lá ninguém saberia jamais, porque não creio que um outro menino ou qualquer outra pessoa se atrevesse a ir, inventavam coisas, cobras, plantas, animais estranhos, medos – e não se atreviam. Aquele menino, não. Aquele menino trazia na testa a marca inconfundível: pertencia àquela espécie de gente que mergulha nas coisas às vezes sem saber por que, não sei se na esperança de decifrá-las ou se apenas pelo prazer de mergulhar. Essas são as escolhidas – as que vão ao fundo, ainda que fiquem por lá. Como aquele menino. Ele não voltou. Quero dizer, ele voltou, mas já não era o mesmo, e quando se foi em definitivo não era mais o mesmo menino que tinha ido ao bosque um dia.

Não sei se você sabe que muitas pessoas trazem a mesma marca daquele menino. Algumas, a maioria delas, passam a vida inteira sem saber disso, outras descobrem cedo, outras tarde, algumas tarde demais, algumas nunca. Sei que se o menino não tivesse ido lá, não teria descoberto, seria no máximo um desses pescadores que olham o mar com olhar profundo. Você deve ter notado que há os que olham o mar com olhar profundo e os que olham o mar com ar torvo. Não só o mar. Os que trazem a marca, mesmo que não saibam dela, esses olham as coisas com olhar de sangue. Os que sabem da marca ganham uma luz estranha e uma lentidão e um jeito de quem sabe todas as coisas. Os outros todos olham todas as coisas com um olhar torvo. Os outros são escuros, estúpidos, pobres. Os outros não sabem. Quando aquele menino foi lá pela primeira vez, tinha apenas um olhar de sangue – mas quando foi pela última vez, o seu olhar já era de luz, era todo lentidão, complacência, compreensão, todo ele amor e sol.

Ele não era um menino comum, isso eu soube desde que o vi. Ainda que andasse vestido da mesma maneira que os outros, tivesse as mesmas conversas e as mesmas brincadeiras, eu sempre pressenti nele aquele sangue que não corria nos outros. Às vezes, fazia perguntas que assustavam. E ficava horas sentado num lugar olhando qualquer coisa sem importância, uma pedra, um inseto, um grão de areia. Ninguém compreendia. Andava sozinho por lugares desconhecidos e voltava com o sangue dos olhos quase em luz. Eu pressentia que ele acabaria descobrindo, porque só ele poderia descobrir. Não, eu não sabia deles, talvez eu soubesse sempre, mas no fundo, ou na superfície, não sei, eu não sabia, não me pergunte agora, em algum lugar de mim eu não sabia, embora em outros soubesse, não tem importância que você não compreenda isso, porque estou acostumado com a incompreensão alheia, com a minha própria incompreensão, mais do que tudo.

Da minha janela eu via quando o menino voltava, todas as tardes, e foi numa dessas tardes que eu o vi descendo lento o caminho do bosque. Vinha mais lento do que de costume, e desde o momento em que sua silhueta apareceu na curva do morro, desde esse momento eu soube. Não que houvesse algo especial, além daquela lentidão não havia nada – mas é preciso estar com as sete portas abertas para saber quando as coisas se modificam. As coisas começaram a se modificar quando o menino apareceu lento na curva que levava ao bosque.

Foi quando eu senti, mais uma vez, que amar não tem remédio.

Acho que ele soube que eu sabia, porque baixou a cabeça quando me viu. Nunca tínhamos conversado, nunca conversei com ninguém daqui, desde que cheguei, e faz muito tempo, mas havia uma espécie de *clima*, eles tinham um certo respeito por mim, os habitantes da vila, e assim o menino. Por isso não me surpreendi quando a mãe dele me procurou, no dia seguinte. Chegou acanhada, sentou num canto, fez comentários sobre o tempo, olhou espantada para esses livros e esses quadros, e depois de várias palavras sem importância disse que estava muito preocupada com o filho. Então contou: ele havia visto três seres estranhos no bosque. Não sabia dizer se homens ou mulheres, eram altos, claros, tinham grandes olhos azuis e gestos compassados, cabelos compridos até os ombros, movimentavam-se mansos dentro de vestes brancas com amuletos sobre o peito. Falavam uma língua estranha e sorriam fazendo círculos em torno do menino e tocando-o de leve às vezes nos ombros, no peito, na testa. Agora ele tinha febre e delirava. Ela me pediu que eu fosse ao bosque, e eu disse que esperaria o menino melhorar para irmos juntos. Ela achou que eu tinha medo e disse que não queria que o menino voltasse lá. Mas eu disse que não iria sozinho, que o bosque era muito grande e apenas o menino poderia mostrar-me onde estavam as criaturas. Ela concordou, e quando o menino melhorou, poucos dias depois, uma tarde subimos ao bosque.

Nem eu nem ele falamos nada enquanto subíamos a montanha. Não era preciso. Quando entramos no bosque, senti que ele se modificava e seu olhar ganhava aquela espécie de luz de que falei a você. Foi então que eu o senti maior do que eu – maior porque sendo apenas um menino se atrevera a penetrar no que me assustava, embora soubesse do irreversível do que o menino vira. Porque você não pode voltar atrás no que vê. Você pode se recusar a ver, o tempo que quiser: até o fim de sua maldita vida, você pode recusar, sem necessidade de rever seus mitos ou movimentar-se de seu lugarzinho confortável. Mas a partir do momento em que você vê, mesmo involuntariamente, você está perdido: as coisas não voltarão a ser mais as mesmas e você próprio já não será o mesmo. O que vem depois, não se sabe. Há aquele olhar de que lhe falei, e aquelas outras coisas, mas nada sei de você por dentro, depois de ver.

Por isso eu não compreendia mais aquele menino a partir do momento em que penetramos no bosque. Não compreendia seu ato de coragem e seu despojamento em enfrentar o que eu desconhecia, e sua disponibilidade em se modificar penetrando em regiões talvez escuras e perigosas. Aquele menino era um homem mais velho e mais corajoso do que eu quando entramos no bosque. Não foi difícil encontrá-los. Acho que vieram logo ao sentir a presença do menino. Chegaram devagar, do meio das árvores, com suas vestes brancas e seus enormes olhos de luz.

Não sei explicá-los. Sei que eram espantosos. Pareciam não pisar sobre o chão, pareciam não ter peso nenhum: eram inteiros leveza, amor, bondade, embora houvesse na lentidão de seus gestos qualquer coisa de definitivo. Ainda que fossem belos e bons e mansos, qualquer coisa no seu gesto pressagiava o terrível de sua condição. Eram fortes. Cercaram o menino como velhos amigos, talvez irmãos, pois o menino se parecia com eles no jeito e no olhar. Emitiam sons estranhos e fragmentados, andavam à volta do menino numa ciranda, tocavam-no no ponto central da testa, e então seus olhos se faziam ainda mais claros, tocavam-no no plexo, e eu senti que o coração do menino batia com mais força, renovando um sangue que fluía nas veias feito fogo.

A mim? quase não deram atenção. Lembro apenas que em certo momento um deles tentou tocar-me, da mesma maneira como tocavam o menino, mas os outros dois detiveram seu gesto. Confabularam um instante entre si, depois sorriram como a desculpar-se por não poderem iniciar-me, por enquanto, pelo menos. Mas não fiquei humilhado. Sabia que meu papel era outro, sabia que eu ficaria, assim como o menino também sabia o que lhe estava destinado.

Apoiado numa árvore, deixei-me ficar durante muito tempo olhando aquela espécie de dança, e acho que de repente adormeci, um pouco porque anoitecia, mas principalmente porque talvez a minha ausência talvez fosse importante naquela hora. Quando acordei, estava tudo escuro e em silêncio. Não consegui encontrá-los, nem ao menino. Lembrei então que me espreitavam, antes que eu dormisse, e que colavam seus pulsos aos pulsos do menino e comunicavam qualquer coisa como ordens, e ele parecia entender, concordar. Um pressentimento me veio. Soube apenas que precisava voltar o quanto antes à vila. Era difícil me movimentar no meio dos galhos e das folhas e das raízes sem enxergar absolutamente nada, formas se enredavam em meus pés, coisas geladas tocavam meus braços, arranhavam meu rosto. Não sei quantas horas fiquei por ali, tentando sair, andando em círculos, aquele pressentimento negro me oprimindo o peito.

Acho que já era muito tarde quando consegui alcançar a estrada. E lá de cima vi o fogo. A vila ardia. Desci a montanha correndo, estava muito cansado mas havia alguma coisa que precisava ser salva antes que fosse demasiado tarde, embora eu soubesse que não conseguiria salvar nada, e que tanto o menino como aqueles três seres haviam escolhido o mais fundo que a simples salvação. Quando cheguei, a vila era um inferno. As casas queimavam e as pessoas corriam desesperadas tentando apagar o fogo. Fui perguntando como aquilo acontecera, disseram-me que tudo havia começado na casa do prefeito e se alastrara depois pelas casas dos outros líderes e que ninguém sabia ao certo como tudo começara: haviam apenas visto aquele menino olhando fixamente do meio da praça para a casa do prefeito, e depois o fogo, e que o menino não se movera do meio da praça, e repetira que o mais importante é a luz, mesmo quando consome, isso lhe dissera o primeiro ser, e que a cinza é mais digna que a matéria intacta, isso lhe dissera o segundo ser, e que se salvariam apenas aqueles que aceitassem a loucura escorrendo em suas veias. Com o olhar, ateava fogo às casas dos líderes, um a um. Chamaram sua mãe para que o detivesse, e foi ela quem falou dos estranhos seres. Dividiram a população em dois grupos: um deles tentava apagar o fogo enquanto o outro partia armado de tochas em direção à montanha.

Fiquei um instante sem saber o que fazer, procurei o menino no meio da praça, dos escombros e da cinza, mas não consegui encontrá-lo. Saí então para a montanha, tentei chegar na frente do grupo, mas eles estavam enfurecidos, os olhos torvos, as bocas cheias de espuma, ódio, incompreensão e noite. Eles estavam os três na entrada do bosque, como se esperassem. Exatamente como se esperassem. Não reagiram quando as pessoas caíram sobre eles, espancando-os até que uma substância clara e perfumada começasse a escorrer das feridas. Ao aspirarem essa substância as pessoas caíam ao chão, os olhos desmesurados, os movimentos descontrolados, fazendo e dizendo coisas sem nexo, como se tivessem tomado alguma droga. Pareciam embriagadas, loucas e felizes com o sangue dos três seres alucinando suas mentes. Não teriam conseguido subjugá-los se alguns dos habitantes não tivessem arrancado as camisas para taparem as narinas, evitando aspirar aquele perfume enlouquecedor.

A mim, não aconteceu quase nada: pouco mais que uma vertigem e algumas cores nunca suspeitadas e extremamente nítidas. Os homens com os narizes tapados pelas camisas amarraram e amordaçaram os três seres, depois carregaram-nos a pontapés pela montanha abaixo. Levei algum tempo para despertar da tontura e daquela loucura de cores e formas que envolviam meus sentidos. Quando consegui movimentar-me desci correndo a montanha. Ao chegar à vila era madrugada, o fogo fora dominado, embora as casas estivessem calcinadas e a cinza cobrisse as ruas. Havia apenas um grande fogo no meio da praça. Caminhei até lá, na esperança de salvá-los. Mas já não era possível. Estavam os três sobre uma fogueira que começava a lamber-lhes os pés. Afastei as pessoas que jogavam pedras e gritavam insultos – alguma coisa me dizia que precisava tocá-los. Quando consegui me aproximar, os três deixaram seu olhar cair sobre mim, seus olhos de luz deslizaram por sobre todo meu corpo até se deterem nos pulsos.

Então, lentamente, senti a carne queimar e abrir numa ferida – depois, voltaram os próprios olhos para os próprios pulsos, abrindo as mesmas feridas que libertaram uma substância clara –, depois, um de cada vez, colaram seus pulsos escorrendo substância clara contra meus pulsos escorrendo sangue. Senti que o meu sangue se dissolvia em contato com o sangue deles – e em breve sentia escorrer dentro de minhas veias aquele mesmo líquido ardente de loucura e alegria. O fogo já atingia seus joelhos quando, entontecido, comecei a me afastar. As cores se chocavam contra minhas retinas. E tudo era: belo não: não belo tudo: as coisas: elas próprias: as coisas verdadeiras: e profundas belas como: pode ser belo: também o terrível eu: me afastava entre céu e inferno tentando ver: beleza no fogo carbonizando: suas carnes claras o líquido: escorria farto e as: pessoas correndo enlouquecidas: vastas e miúdas: ruas. Fui afundando aos poucos numa vertigem em direção sem direção às cores multifacetadas multifacientes as faces e as formas e depois os roxos do amor e do nojo sobre um branco silêncio em branco como contra um muro nem fundo sem fim.

Quando acordei, só restavam cinzas. Três pequenos montículos de cinza clara boiando na substância estagnada – loucura coagulada. A população enlouquecida se estraçalhava pelas ruas. E de repente vi outra vez o menino: saía da vila em direção ao bosque. Corri atrás dele, quis detê-lo para que me explicasse alguma coisa, mas quando voltou-se tive certeza de que não conseguiria mais atingi-lo: não era mais aquele menino. Era um *deles*, com os mesmos olhos azuis em luz, sem sexo, lento e decidido. Voltou-se e disse a única coisa que ouvi de sua voz. Uma coisa assim: – *Deixa que a loucura escorra em tuas veias. E quando te ferirem, deixa que o sangue jorre enlouquecendo também os que te feriram.* Depois se foi. Nunca mais o vi. Mas sei que existem outros como ele, isso eu queria dizer a você: eles estão aqui.

Os habitantes da vila levaram muitos dias para voltarem ao normal – depois dos homens terem provado do sexo de outros homens, e também dos peitos das mães e das irmãs, e de terem bebido dos pais o mesmo líquido de que foram feitos, e de terem cruzado com animais e se submetido à luxúria dos cães e dos cavalos e dos touros, e de terem possuído a terra e a palha como se fossem mulheres ou o reverso de homens iguais a eles –, mas não voltaram. Agora os dias não são mais de pesca, sono, sesta, cadeiras sem procuras na frente das casas. Todos buscam com olhos desvairados luzes estranhas no céu, alfa, beta, gama, delta, sinas, signos, cumprem esquisitos rituais de devoção e perdição. Nada sabem. Nem sequer lembram dos três seres e do menino: foram apenas despertos para o oculto. Mas não sabem o que fazer do desconhecido – do imensamente permitido – revelado. E não podem voltar atrás.

Eu disse a você que ver era irreversível. Eles viram. Às vezes penso se eles não sabem que eu sei, e desta substância clara correndo dentro de minhas veias. Às vezes escuto murmúrios indistintos e agressivos quando saio às ruas. Mais cedo ou mais tarde, alguma coisa vai acontecer. Talvez me firam, mas, quando isso acontecer, das minhas veias vai escorrer tanta loucura que eles não voltarão nunca do inferno onde serão jogados por meu sangue. Ainda não os odeio o suficiente. Mas esse ódio cresce dia a dia: eles mataram a claridade. Não souberam entender que haviam sido escolhidos. Os seres não voltarão jamais. A vingança foi perfeita. Eles ficarão perdidos na treva da insatisfação até o fim de seus dias. E mesmo aquele menino que eu amava porque era como eu não me atrevi a ser ou os outros como ele que existem por aí consigam que a luz se faça em outros pontos do mundo, aqui não chegará um raio.

Por isso meu ódio cresce. Quando atingir um nível insuportável, não será difícil: basta uma lâmina contra o pulso. Nem isso. Uma simples picada de alfinete. Menos até. Um arranhão. Talvez aquele menino volte, talvez eu esteja mesmo sozinho, talvez você ache que sou louco. Queria que você entendesse que apenas contei o que realmente aconteceu, e se isso que aconteceu é loucura, quem enlouqueceu foi o real, não eu, ainda que você não acredite.

Não tem importância. A história é essa, talvez eu tenha falado mais do que devia, mas tenho uma certeza dura de que nem você nem os outros todos perdem por esperar. Cuidado: eles estão aqui: à nossa volta: entre nós: ao seu lado: dentro de você.

SARAU

Estou certo de que se não tivesse ido à cozinha aquela noite não os teria encontrado. Apenas não era possível ficar sem fazer nada enquanto meus pais jogavam cartas na sala. Tinham-me perguntado duas ou três vezes se eu não queria jogar – e duas ou três vezes respondi que não. Talvez houvesse falado secamente, porque eles baixaram a cabeça como se estivessem sendo agredidos e, espantosamente, continuaram a jogar. Digo *espantosamente* porque era quase inacreditável a lentidão com que movimentavam os braços para depositar cartas sobre a toalha de plástico. Às vezes os movimentos se espaçavam a tal ponto que, suspenso, eu esperava o momento em que um deles dissesse não suportar mais. Mas embora os espaços aumentassem, ninguém dizia nada. A impressão que eu tinha era de que o jogo ganhava a forma de enormes intervalos de silêncio, cada vez mais vazios, interligados por uma ou outra carta. Desde sempre jogavam assim, ninguém ganhava, ninguém ganharia nunca – dizia-me lentamente enquanto olhava para suas cabeças falsamente absortas. Olhei em volta, mas também ali não acontecia nada. Algumas folhas batiam na vidraça, e nada mais que isso.

Foi então que surpreendi os dois olhando para mim como se esperassem. Mas não havia nada para dar a eles. Rapidamente, então, imaginei uma cimitarra e, sem parar de pensar, dotei-a de uma infinidade de movimentos circulares – como se dançasse. Só que não havia nenhuma mão a sustentá-la. Eles continuavam me olhando enquanto o som do relógio crescia, espalhado quase insuportável por entre as cartas e os espaços vazios. E foi ainda então que houve a necessidade de um gesto meu. Levantei-me e enveredei em direção à cozinha. Debrucei a cabeça sobre a mesa limpa como se chorasse. Apenas como. Não havia porquê, e eu sempre pensava que devia haver uma motivação a orientar qualquer gesto meu. Rocei a face contra a superfície da madeira. Ela me feriu de leve com suas aparas quase imperceptíveis.

Fechei os olhos e julguei descobrir alguma coisa no fundo das pupilas: criavam-se certos movimentos verticais, tão imprecisos quanto bruscos, e apertando mais os olhos eles se alargavam, ganhando alguns toques dourados. Esse era um dos meus divertimentos favoritos nos últimos tempos: acreditava sentir em mim remotas forças reveladas e expressas naquelas sombras que moravam no fundo de meus olhos. Não sabia que espécie de forças, afinal de contas sempre fui um desconhecido para mim mesmo – sabia porém que eram violentas essas forças, diria mesmo *fortes forças*, não fosse sem sentido. Mas essas forças, ou o que quer que fossem aqueles movimentos escuros e verticais, nunca chegavam além das pálpebras. Foi pensando nisso que abri os olhos e encontrei a cimitarra. Ela avançava para mim com seus movimentos circulares, como se desejasse cortar-me. Como não me surpreendi, ela parou no meio do caminho.

Saí da cozinha e desci velozmente as escadas sem parar na sala. À porta do edifício detive brusco os passos e olhei para trás, a ver se ela me seguia. Não consegui enxergar nada na escuridão: abri a porta e saí para a noite. Sentei num dos bancos do jardim do edifício e fiquei ali, perdido entre as hortênsias meio murchas, até que um contato frio no ombro esquerdo obrigou minha cabeça a voltar-se. Independente de meu comando, ela voltou-se e viu a cimitarra. Não posso negar que seus movimentos eram doces, e não foi por outro motivo que obriguei meus olhos a encararem-na sérios, talvez excessivamente sérios, porque seus movimentos começaram a intensificar-se de tal maneira que fui obrigado a suspirar, exausto.

A verdade é que ela me cansava um pouco com seus movimentos sempre iguais, e principalmente com aqueles vulgares reflexos da lua em sua lâmina polida. Mas não podia negar também que era bela, tão bela quanto pode ser uma cimitarra, apesar de um tanto acadêmica. Bocejei, tentando fechar novamente os olhos para voltar à minha brincadeira. Mas não foi possível descobrir no fundo das pupilas os mesmos objetos imprecisos, contraindo-se vertical e horizontalmente, como numa dança hindu. Agora eram duas cimitarras de lâminas cintilantes que, nítidas, oscilavam por entre as pálpebras. Dentro e fora de meus olhos, a paisagem era a mesma. Resolvi, portanto, abri-los, o que fiz com certo cuidado, temeroso de que um gesto brusco pudesse provocar o desabamento de qualquer coisa que eu não conseguia precisar o que fosse.

Olhei primeiro as hortênsias, depois a luz, depois espalmei a mão sobre o cimento do banco, certifiquei-me de que não havia estrelas, constatei a frieza do cimento, tentei sentir um pouco de frio – mas finalmente fui obrigado a admitir o impossível: a cimitarra havia-se multiplicado em cinco. Essas cinco cimitarras agora estavam paradas à minha volta, poderia mesmo dizer que: *expectantes*. Não fiz nenhuma pergunta: limitei-me apenas a observá-las com mais cuidado que antes. Mas não havia nada de extraordinário nelas.

Pensei ficar mais tranqüilo com essa descoberta, mas aos poucos fui distinguindo alguns contornos bastante esmaecidos por trás delas. Forcei a vista e, à medida que me empenhava em ver cada vez melhor, mais esmaecidas se faziam as formas. Depois de alguns minutos, desisti. No momento em que julguei ter desistido, as sombras se tornaram mais acentuadas e, sem nenhum esforço de minha parte, transformaram-se em cinco seres desconhecidos. Tinham a mesma aparência – todos baixos, musculosos, de cabeças raspadas, narinas largas e olhos inteiramente verdes, sem pupila, íris ou esclerótica, seus lábios eram grossos e traziam argolas nas orelhas.

"Mas eu nunca os imaginei" – tentei dizer-lhes, ao mesmo tempo em que, sem saber exatamente a razão, achava-os parecidos com uma tapeçaria que vira em algum antiquário no mercado persa da cidade. Ao mesmo tempo em que abri a boca, senti contra os lábios o contato da madeira. Isso era impossível, porque eu estava sentado num banco de cimento. Sem me mover, percebi que meus olhos estavam fechados, e erguendo uma das mãos apalpei a superfície onde estava debruçado. Parecia uma mesa, a mesma da cozinha de nossa casa. Deve ser um sonho – pensei sem originalidade. Vim até a cozinha e dormi. Mas ao abrir olhos verifiquei que, embora realmente estivesse na mesa da cozinha, os seres continuavam presentes.

Não movi um músculo, com a intenção de não fazer absolutamente nada enquanto não fosse usada a violência. Mas lentamente alguma coisa em meu cérebro começou a pulsar. Julguei que fosse uma célula, embora não soubesse ao certo o que seria uma célula. Pulsava do lado esquerdo de minha fronte, exatamente como pulsaria uma veia. Levando as mãos à testa, porém, percebi que a veia continuava imóvel, no mesmo lugar de sempre, e por entre as gotas de suor continuei sentindo o pulsar invisível da coisa, cada vez mais intenso. Já quase dilacerava meu cérebro, me impedindo de pensar, ensurdecedora, absurda – quando tive a sensação que gritava.

Os cinco seres tiveram um quase imperceptível movimento de alegria quando fiz menção de levantar. Havia-se formado entre nós uma espécie de corrente telepática: olhando a extensão inteiramente verde de seus olhos percebi que sorriam e me incitavam a ir adiante no que começara. Tentei dizer que não começara coisa alguma, mas imediatamente senti quase como um soco a extraordinária beleza daqueles cinco seres e suas cimitarras. Enquanto avançava na compreensão do que eles me ditavam, ia descobrindo com mais precisão o sentido de tudo aquilo.

Não hesitei quando um deles me empurrou em direção à porta. Entrando na sala, percebi com surpresa que o ponteiro dos minutos do relógio quase não se movera desde a última vez que eu o olhara. E, no entanto, a minha sensação era de que tinham se passado horas. Curvados sobre a mesa, os meus pais continuavam seu espaçado jogo. Cruzei os braços e me recostei à janela, abrindo-a para que entrasse um pouco de ar.

Quando senti que tudo estava preparado, fiz um sinal em direção aos dois velhos e esperei. Os cinco seres deixaram-se cair sobre eles. Dois seguraram meu pai enquanto outros dois seguravam minha mãe e o quinto cortava-os rapidamente com golpes de cimitarra. Cortaram-nos em inúmeros pedaços que caíram espalhados pelo chão, sem sangue nem gritos. Em seguida reuniram-se em torno da carne e banquetearam-se fartamente, sem deixar vestígios. Antes de terminarem, um deles me ofereceu um pedaço das costas de meu pai, mas preferi ir até a geladeira e beber um copo de leite.

O AFOGADO

Para Augusto Rigo

Sim, nada é mais difícil e delicado, até mesmo sagrado, quanto o ser humano. Nada pode igualar o poder voraz desses misteriosos elementos que, sem grandeza ou finalidade, nascem entre desconhecidos para acorrentá-los pouco a pouco com elos terríveis.

Witold Gombrowicz: *Bakakai*

I

– Há um morto jogado na praia!

De repente ele interrompeu tudo que fazia para prestar atenção no grito. Despiu o avental enxugando as mãos úmidas de suor, deu dois passos sem direção no meio da sala pesada de mormaço – e só depois de um tempo relativamente longo é que se deu conta de que alguém gritara no meio da praça. Então abriu a janela e ficou olhando o burburinho lento que se armava, as pessoas maldespertas da sesta movimentando-se molemente em direção ao menino que fazia sinais desesperados sob a estátua do general. Palavras soltas chegavam a seus ouvidos, algumas janelas se abriam, os vidros faiscando bruscos para depois chocarem-se contra as paredes caiadas de branco, passos na escada, aqui e ali algum cão espantado, as moscas esvoaçando tontas – e pouco a pouco intensificava-se o movimento em torno do menino de pés descalços, abrigado nas sombras escassas da praça sem árvores. O chão de terra crestada.

Aconteceu alguma coisa, pensou entediado, como se aquilo se repetisse há muito tempo, e como se qualquer curiosidade ou acontecimento fossem antigos e conhecidos, embora inesperados. Como se não houvesse mais nada a surpreender – pensou lentamente que alguma coisa havia acontecido. No mesmo momento ouviu que batiam – há quanto tempo? – à porta do quarto, e uma voz gorda de mulher repetia:

– Doutor, aconteceu alguma coisa na praia.

Abriu a porta e desceu as escadas contando degraus, a mão amparada pelo corrimão de madeira descascada, sem a menor pressa. Porque na realidade – dizia-se, e estava tão acostumado a esse diálogo consigo mesmo que movia os lábios como se falasse, embora sem produzir nenhum som –, porque na realidade jamais acontecera alguma coisa naquele lugar. Alguma estrela cadente durante as noites comprimidas entre o cheiro vagamente apodrecido da maresia e o calor viscoso que vinha das montanhas – e nada mais que isso. As cadeiras dispostas em desordem sobre as calçadas, um sem-número de olhares de repente acompanhando o roteiro daquela chispa brilhante que cessava de existir e, ao mesmo tempo em que morria, permitia-lhes fazerem três pedidos, remotas superstições, velhos mitos: três desejos. Como se fosse possível desejar alguma coisa naquele lugar, suspirou antes de transpor a soleira da porta para ganhar a rua cheia de passos e gritos. Quase cambaleou com o sol pesando súbito no topo da cabeça, precisou apoiar o braço contra os tijolos de uma parede sem reboco e, abrindo lento os olhos, divisou por entre lágrimas ofuscadas o brilho da calça branca do menino. Aproximou-se impaciente, os braços afastando pessoas que se esquivavam respeitosas, chamando-o *doutor* e dizendo coisas sobre o que o menino dizia:

– Um morto... um morto na praia...

Frente a frente com o menino, tomou-o pelo ombro sentindo a pele queimada em contraste com seus dedos muito brancos – e de repente viu no menino todo um desesperançado crescimento no meio daquelas duas dúzias de casas. Então, com súbita delicadeza, perguntou:

– O que foi que você viu?

O menino encarou-o com olhos verdes ainda capazes de algum espanto:

– Um morto... lá na praia... jogado na areia...

– Me leve até lá – pediu. E tomou da mão do menino como se fosse capaz de salvá-lo daquelas duas dúzias de casas, algumas caiadas de branco – as mais ricas –, a maioria simplesmente sem reboco, o barro aparecendo endurecido entre os tijolos escuros. As outras pessoas acompanharam-no em silêncio, para vencerem sem pressa a extremidade da praça, as últimas casas, o caminho circundado de pedras que conduzia ao mar, às primeiras dunas e, logo após, a uma baixada onde o menino parou, apontando qualquer coisa na faixa de areia molhada:

– Lá.

Todos os olhares convergiram para a mesma direção. Sem conseguir evitar, novamente o médico pensou nas estrelas cadentes e nas prováveis cismas daquelas cabeças queimadas, quase uniformes em seus olhos esverdeados de sol, suas roupas esfarrapadas, seus gestos precisos e poucos, embora marcados pela lentidão do cansaço – o cansaço dos que esperavam por um acontecimento indefinido, capaz de fazê-los movimentarem-se subitamente com mais vontade, talvez com medo. Precisavam do temor como quem precisa de um sentido. Uma voz rouca cortou o pensamento:

– Como é que você sabe que ele está morto?

– Cheguei perto.

– Muito perto?

– Não. Fiquei com medo. Só sei que não se mexe. Fiquei muito tempo olhando e ele não se mexeu nem uma vez.

Alguns pescadores começaram a descer a encosta, os pés afundados na areia quente, dois ou três meninos os seguiram – mas um gesto do médico os deteve:

– Esperem – disse, e quase num sussurro sinistro, para amedrontá-los: – Pode ser a peste.

A peste. Os mais velhos encolheram-se atemorizados e vivos, lembrando aquele tempo de portas fechadas com trancas, todo dia alguns cadáveres alimentando a terra e ampliando a pequena extensão do cemitério sobre a colina. Rodearam-no, esperando uma decisão. Sem dizer nada, ele e o menino começaram a caminhar em direção ao corpo, enquanto os outros entreolhavam-se indecisos entre segui-los ou permanecer no alto das dunas. Avançou trôpego pela areia, desdobrada à sua frente a sombra de um homem alto e magro, os cabelos esvoaçando ao vento. Mordeu os lábios salgados. A água verde do mar. Algumas gaivotas em círculos estonteados sobre a água verde do mar. Um mergulho súbito: a água partia-se em borbulhas cintilantes, gotas de vidro e luz, soltas no ar.

Aos poucos, os contornos foram ficando mais nítidos: qualquer coisa escura como cabelos destacados sobre a areia, depois a extensão de um tronco de onde saíam dois braços abertos em cruz, duas pernas unidas e molhadas pelo movimento repetido das ondas. Julgou enxergar algumas algas envolvendo o corpo, mas depois de alguns passos percebeu não serem mais que placas de areia, coladas à carne nua e branca. A vastidão despida de uma carne branca ao sol pesado das três horas da tarde. Antes de curvar-se para tocá-lo, voltou-se e viu os homens formando uma massa imóvel no alto das dunas. Apenas o menino olhava-o com olhos enormemente verdes, subitamente sérios, como se esperasse. *Esperas uma solução para esses teus olhos que não nasceram assim verdes e que dia a dia se farão mais claros até que não consigas mais olhar o mar sem pensares que de certa forma essa cor te foi dada por ele e até não saberes mais distinguir outra coisa que não seja verde e até que essa claridade deixe um dia de te cegar para que mergulhes no escuro irremediável da morte?* Abanou a cabeça, afastando uma mosca, e curvou-se. Estendeu a mão para tocar muito de leve no corpo, mas antes de completar o gesto percebeu um ruído feito um sopro, uma respiração. O menino esperava. Os homens esperavam. O corpo esperava, de bruços. Rapidamente voltou-o sobre si mesmo e, sem fixar o rosto, colou o ouvido no peito do homem.

– Está vivo – disse, e podia sentir contra a aspereza da barba não-feita as batidas tênues dentro do peito do outro.

O menino começou a fazer sinais agitados para os pescadores, que desceram em bandos sôfregos pelas encostas das dunas. Então o médico ergueu os olhos e viu o rosto do afogado. E o rosto de homem não era ainda um rosto de homem: uma adolescência indefinida, permanente e talvez cruel guardada nas sobrancelhas espessas, escuras, nos maxilares fortes, nariz curto, reto, a boca entreaberta com lábios partidos, ressecados pelo sal, o queixo levemente vincado, os cabelos crespos pesados de areia. A testa queimava. Subitamente o médico apertou-o com força, e enquanto pressentimentos sombrios se desenrolavam no espaço que separava seu peito do peito do afogado, manteve-o junto de si, como a protegê-lo dos homens que continuavam a correr pela praia, aproximando-se. Como a protegê-lo do sol, do mar, do menino que dava voltas em torno deles, exigindo uma participação naquilo que descobrira. Tirou a camisa para cobrir o rosto dele, depois ergueu-o suavemente pelos ombros e ficou esperando que alguém o ajudasse.

II

Sentou com cuidado ao lado da cama, para não despertá-lo. Era quase dezembro. Aproximou o lampião e examinou mais detido o rosto agora limpo, mas ainda marcado pela febre. *Quem te trouxe dessa quase morte para um lugar que é a própria antecipação da morte tu que pareces para sempre imobilizado nessa postura que não é tua porque não te imagino assim abandonado entre lençóis mas em constante movimento tu que fazes dessa ausência de movimentos de agora a tua enorme e falsa fragilidade?* Estalou os dedos, inquieto. Sentia necessidade de algum terror, mas não se apressava porque sabia que ele viria, breve e denso. Suspendeu os óculos deixando-os em repouso sobre a cabeça, depois pousou-os devagar na mesa. Andou até a janela e ficou a ver os homens e as mulheres largados nas cadeiras, as brasas dos cigarros, pontos vivos na escuridão, alguns curiosos postados sob a janela da pensão, sem ousarem fazer perguntas.

O céu muito escuro: naquela noite, não haveria estrelas cadentes. Passou as mãos pelos braços. Não conseguia aterrorizar-se, e há muito tempo não sentia frio. Fizera seu aprendizado de solidão enquanto as coisas sentidas a cada dia tornavam-se mais e mais semelhantes, para finalmente permanecerem numa massa informe a escorrer monótona por dentro dele, alterando-se apenas em insignificantes cintilações cotidianas. Apenas reagia. Tudo ali estaria para sempre excessivamente silencioso para que se pudesse soltar um grito ou chorar sozinho no escuro, como nos primeiros tempos. E ainda que gritasse: o silêncio seria maior e mais desesperado que qualquer grito, porque todos gritavam e agiam da mesma forma, calada e idêntica. Mesmo o respeito com que o cercavam não chegava a ser exatamente o reconhecimento de uma superioridade: não passava de um frio constatar do ser do outro. Encarar sem emoção a perdição alheia e a própria perdição, porque não havia distinções nem individualidades: eram todos o mesmo grande e triste monstro humano, uma única cabeça, tronco, membros. Numa noite de quase dezembro, a alma deserta. A estátua do general no meio da praça e um desconhecido no quarto. Voltou-se e encontrou dois olhos fixos nas suas mãos. Foi-se aproximando enquanto falava:

– Há dois dias que estavas desacordado.

Esperou algum tempo. Os dois olhos percorriam o quarto, inventariando a pobreza dos móveis poucos e arrebentados, as paredes gretadas, a bacia de louça num canto. As mãos se moviam: dez dedos torcidos sobre o lençol de tecido áspero.

– Quer alguma coisa?

Os lábios ressecados se abriram com dificuldade – a percepção dessa dificuldade fez com que os dedos se crispassem lentamente, aos poucos criando tramas estranhas no tecido grosso do lençol. A cabeça oscilou em direção à mesa, os olhos piscaram algumas vezes, e finalmente qualquer coisa como uma voz entremeada de sal e algas murmurou:

– Água.

Estendeu-lhe o copo e, sem nenhum pensamento na cabeça um pouco dolorida, ficou observando a avidez do outro. Tornou a servi-lo, e mais uma vez, e ainda outra, até que o desconhecido levasse dois dedos à boca, como a pedir silêncio, mas evidenciando uma saciedade que, por sua nitidez, quase assustou o médico. Ele então recuou para trás do lampião, onde sabia-se protegido pela sombra. Isento, e praticamente ausente, sondou-o mais uma vez. Ausente o outro, também – havia uma insólita ausência naquele rosto.

Devia ter uns vinte anos, decidiu. E com o cuidado extremo de quem sabe que começa a penetrar no conhecimento de alguma região muito frágil, permitiu que seu próprio olhar fosse descendo do rosto para o pescoço e o peito coberto de pêlos claros, ensolarados, até onde o lençol permitia a visão. E de repente um impulso que não chegou a compreender exigiu que falasse, como se falando conseguisse evitar uma reação indesejada, talvez dura, do outro. Mas teve uma consciência tão grande da própria necessidade de apenas preencher um momento perigoso que, mal abriu a boca, sentiu-se extremamente falso. Mesmo assim, perguntou com uma espécie de carinho seco:

– Sente-se bem?

O outro acenou afirmativamente. A sombra na parede acenou afirmativamente. O médico tornou a perguntar:

– Quer alguma coisa?

O outro não respondeu. Havia uma dissimulada ferocidade no jeito como cerrava os maxilares, uma contida agressividade nos dedos fortes esmagando o lençol, uma sede além daquela água que bebera: certa vibração que exigia, intimidava e penalizava, abandonada. Entrelaçou os dedos. Queria paz. E deixou a cabeça apoiar-se no encosto da cadeira. Muito tempo depois acordou com batidas na porta. Ainda tonto, abriu-a e deparou com a mulher gorda espiando para dentro:

– Ele acordou faz pouco – explicou, perguntando-se há quanto tempo teria acontecido aquilo que chamava, cuidadoso, de *o des-*

pertar. – Bebeu muita água, depois dormiu novamente. Está fora de perigo. Não tem nenhum ferimento. A febre também baixou. Talvez amanhã já esteja em condições de levantar – objetivo, acumulava informações no desejo não revelado de ficar a sós com o que incompreendia.

– Mas o senhor não perguntou quem era, de onde vinha, como veio dar na praia? Deus me livre, pode ser algum criminoso, a gente nunca sabe.

– Não, não perguntei nada – disse secamente. E acrescentou: – Ele não está em condições de falar.

A mulher sacudiu os ombros:

– Está bem, mas não me responsabilizo por nada. O senhor é que sabe – deu alguns passos em direção à escada, subitamente voltou-se e encarou-o com ar de dúvida.

– Sabe o que dizem na vila? Que o senhor já conhecia ele, quero dizer, que o senhor cuidou bem demais dele para um desconhecido. Que o senhor não deixou ninguém ver o rosto dele.

Não respondeu. Fez um rápido sinal com a cabeça, como se a despedisse ou concordasse, e fechou a porta. Encostou a cabeça na madeira, e por um momento temeu que o descobrissem. Mas não tenho nada a esconder, espantou-se. Partia-se todo em pedaços incompreensíveis: o terror voltava. A espessa camada: quebrando-se, cascas finas. Acendeu um cigarro e tornou a sentar-se na beira da cama do outro.

III

As noites passadas na cadeira doíam nas costas. Esticou o corpo, o sol já alto da manhã estendendo um feixe de luz por sobre a mesa e o piso riscado. E imediatamente envolveu-se em ocupações matinais, a bacia de louça num dos cantos, a água fresca nas têmporas devolvendo, lentamente, uma espécie de lucidez. Do canto, olhou para a cama: pela janela aberta, o feixe de luz do sol clareava ainda mais os lençóis. O corpo adormecido, pesado, os cabelos crespos espalhados sobre o travesseiro. A poeira dourada suspensa no ar. Evitou aproximar-se. Caminhou até a porta e, antes de dar duas voltas na chave, virou-se ainda mais uma vez para dentro. E só depois de pensar com desgosto em outro dia repleto de queixas e feridas, o cheiro de álcool, o nojo contido, só depois de lembrar da cara endurecida das mulheres, a pele gretada dos homens – só depois é que ele fechou a porta e desceu as escadas. Comeu o pão em silêncio enquanto a mulher observava-o da porta, o ar vagamente agressivo. Percebia nela o curso tenso das dúvidas, em contraponto com uma curiosidade quase obscena, embora calada. Não havia necessidade de palavras para expressar o que brilhava com suficiente intensidade nos braços cruzados em expectativa. Falou apenas quando ele começou a preparar café, pão e algumas bananas numa bandeja – simulava uma doçura de mulher gorda, pronta a assumir seu ofício de servir:

– O senhor não precisa se preocupar. Pode deixar que eu mesma levo o café dele. Qualquer jeito, tenho mesmo que arrumar as camas e varrer os quartos.

– Não é preciso – disse seco, e mal havia falado arrependeu-se.

Ele pressentia: se não fizesse nenhuma concessão à mulher, se continuasse a negar-lhe qualquer possibilidade de contato com o desconhecido, a cada dia ela se faria mais e mais ávida, tornando-se talvez perigosa. Já se referia ao outro em termos velados, chamando-o de *ele,* em voz baixa, como nomearia qualquer coisa que não lhe fosse permitido conhecer. *Ele* era aquele homem lá em cima – toda a distância de outras terras, paisagens feitas não só de mar e montanhas, mas de outros elementos que ela não conseguia sequer supor, a não ser por velhas histórias, tão esgarçadas quanto inverossímeis. *Ele* era o inverossímil. *Ele* era a possibilidade negada de ampliar a visão.

O médico pesou o rosto astuto da mulher, os cabelos repartidos ao meio e presos atrás, desnudando uma testa estreita sobre dois olhos miúdos, vivos e verdes: até que ponto ela seria capaz de avançar? Hesitou por momentos em conceder – e portanto quebrar o início de um clima que se anunciava insuportável – e negar, e portanto jogar-se numa rede a se fazer cada vez mais sutil: as tramas cresceriam entrelaçadas como folhagens, até que ele não pudesse mais controlá-las? A sala calma e contida. Decidiu:

– Eu mesmo levo.

Subiu as escadas, a bandeja na mão. Depois depositou-a leve na mesinha de pernas tortas, ao lado da cama. Curvou-se para tocar a testa do afogado: era fresca e lisa, sobre a fisionomia repousada. Evitou qualquer pensamento. Tomou da pequena maleta e saiu para a rua.

Fora: o sol começando a pesar, acentuado ainda mais por um vento morno que vinha do norte, as pessoas cumprimentando dissimuladas, sem perguntas, mínimas quebras de suspeita nos gestos. Visitou algumas casas, os doentes escassos, nunca houvera muito a fazer por ali, tratava-os com uma seca cordialidade que, para todos, era a marca de um homem bom, embora incógnito. Não se permitia excentricidades, e por *excentricidades* abrangia uma série infindável de atitudes, desde dividir a cachaça do entardecer no bar dos pescadores, mostrar a si mesmo ou evidenciar carências. Alguns, talvez, o julgassem orgulhoso. Era. Carregava com alguma dificuldade uma aceitação tão grande e silenciosa, tão absurda no seu quase mutismo e absoluta desnecessidade de comunicá-la ou demonstrá-la, sobretudo tão óbvia, lhe parecia, que parecia também que nenhuma daquelas pessoas seria capaz de compreendê-lo, da mesma forma como não compreenderiam a sua própria e pesada, intransferível, indivisível carga. Passava com sua roupa branca, todos os dias – e não era nem mais nem menos assustador que qualquer outro dos homens, ou qualquer das casas. Ninguém se indagaria em profundidade, e vistos superficialmente eram todos iguais. Apenas aceitavam – ele, como todos –, e aceitar era uma forma de compreender.

Foi no meio da praça que encontrou com o padre. Cumprimentou-o, disposto a passar adiante, quando percebeu um movimento diverso do costumeiro a se fazer num gesto nascendo da batina negra. Ainda assim tentou continuar, mas a voz obrigou-o a deter os passos e olhar fixamente para a calva lustrosa ao sol de quase meio-dia.

– Precisava falar com o senhor.

– Pois não.

– Trata-se... bem, trata-se do homem encontrado na praia.

– Sim?

– Bem, o senhor sabe, o povo está curioso, quer saber quem é o homem, se houve algum naufrágio. Os paroquianos estão todos um pouco... como direi?... bem, o senhor sabe... é perfeitamente natural essa curiosidade... Afinal, a vila é tão pequena, todos sabem ao mesmo tempo de tudo que acontece, ontem mesmo todos ficaram sabendo que o desconhecido está fora de perigo. Eu mesmo...

Atalhou-o, ríspido. Detestava aquela preparação, as justificativas dissimuladas e rodeios tontos para chegar a um único ponto.

– O que é que o senhor quer saber?

O padre pareceu notar as farpas atrás das palavras. Imediatamente empertigou-se, passou o lenço sobre a calva encharcada de suor e respondeu no mesmo tom:

– Quero saber quem é esse homem, de onde veio, o que quer aqui.

– Ele não quer nada aqui. Ele nem sequer sabe que está aqui.

– O que quer dizer com isso?

– Não quero dizer nada. Estou apenas cuidando de um doente.

– Mas pode ser uma criatura de maus costumes. O senhor sabe que a nossa comunidade, graças a Deus e aos meus modestos mas desvelados esforços, a nossa comunidade prima pela decência, pelos bons costumes e a moral elevada.

– Não acredito que um desconhecido seja capaz de abalar a sua decência, os seus bons costumes e a sua moral elevada.

– O senhor não acreditar é uma coisa. Do que ele é capaz ninguém sabe. Falo em nome de Deus – apontou para a estátua do general – e em nome do nosso mais ilustre antepassado. Esse homem pode ser um criminoso.

– Não acredito que seja.

– Mas o senhor tem que me prometer que falará com ele, tão logo seja possível. E que me comunicará de qualquer perigo.

– Não prometo nada.

– Mas ele pode ser um criminoso! Devo zelar pela segurança dos meus paroquianos! O senhor está assumindo uma responsabilidade muito grande.

Com um aceno breve da cabeça, o médico saiu caminhando sob o sol escaldante. O padre ofegava, o rosto avermelhado pela cólera. Nas casas em volta da praça, o médico observou, portas e janelas se abriam para mostrar rostos curiosos. Pequenos grupos se formavam pelas esquinas. Uma tensão ainda mais nítida que o calor sufocante ampliava-se por toda a vila, como uma corrente elétrica. Ainda ouvia a frase do padre: – "Mas ele pode ser um criminoso!" Um criminoso. Criminoso.

Inúmeras suspeitas atravessaram-lhe súbitas a mente: ele mesmo não chegava a compreender por que agia daquela maneira. Sabia apenas, cegamente, que precisava protegê-lo. Ao atravessar a rua mediu bem o passo para que não percebessem alguma alteração. Era preciso ser natural. Surpreendia-se precisando construir uma naturalidade, quando nada seria mais natural do que essa naturalidade – e no entanto precisava aplicadamente construí-la em cada passo, em cada movimento de braço, cada respiração, cada olhar. Uma agulha fina penetrou na têmpora esquerda, lentamente varando carne, músculos, ossos, para comprimir um recôndito ponto. Que doía. Depois de muito tempo. Um ponto doía, inacessível. Quando entrou no quarto, o desconhecido esperava. Estava em pé, ao lado da bacia de louça, a mão esquerda levantada na altura do rosto.

IV

– Alfa é meu nome – disse.

E ele perguntou:

– Esse é teu nome de guerra?

E ele respondeu:

– Não. Esse é meu nome de paz.

V

– mas o que chamas de paz se pressinto em ti essa coisa mansa que se faz nos outros se em cada momento que te olho inúmeras coisas escuras esco rrem dentro de mim pois se a p az não é uma coisa escura pois senão não continuarei não te farei nenhuma pergunta emb ora precisasse não para te def inir ou para te compreender não preciso saber de onde vens assim como para me definires ou me compreenderes não pre cisas de nenhum dado concret o mas eu não te defino nem te compreendo apenas sei que c hegaste e que esta tua chega da modificará em mim todas a s coisas que se tornaram suav es todas as cordialidades ou amenidades que construí nes se tempo de absoluta sede ans iava por ti como quem anseia p ela salvação ou pela perdiçã o porque qualquer coisa pode ria me salvar desta imobilid ade que me devasta por dentro te direi como se constroem mo

– antes que tentes aviso já te disse tudo não sou nada além de meu nome meu nome é min ha essência mais profunda as sim como a tua talvez seja a qu e vivas no momento talvez nad a sejas além destas paredes d escascadas destes móveis pou cos esta bacia de louça naque le canto mas não te julgo pel o que vejo em ti externamen te não julgo a ninguém nem a m im mesmo vim duma coisa que ainda não conheces vim duma coisa enorme da escuridão e d a luz mais absolutas que poss as imaginar a um só tempo vim duma coisa sem medo mas não sabes que trago em mim o prin cípio e o fim de todas as coisas s abes porventura que te farei m eu cúmplice e despertarei teu ó dio esse ódio calado que cons ome as vísceras porque de tod os és o único que sabes da abso luta inutilidade de todas as coi sas e sabes dessa vontade inc ontida de ser maior que todas e ssas coisas sabes dessa vonta

mentos apenas para sobreviv er mas já não quero sobreviver já não quero apenas ir adiante é preciso que qualquer coisa ab ata esta letargia porque já não admito precariedades porque não sei o que digo nem o que si nto mas persistirei no que pres sinto ainda que tudo isso seja u m lento processo de morte um e nveredar em direção ao mais te rrível vejo em ti o meu roteiro de agonia além disso nada sei mas não fujo foram muito poucas as coisas que vivi percebo que não cheguei a existir exatamente m as não sou forte apenas constr uí de minhas fraquezas essa co isa que talvez chamasses força há muito tempo eu permanecia esquecido de mim mesmo foi p reciso que chegasses para eu pe rceber que somente destruindo se pode construir agora eu que ro a destruição que me propões mas não propões nada deixas q ue eu enverede sozinho é assim sei que não me deixarás sozin ho sei que te recusas a te defini res em palavras não porque eu de amarga no peito de cada um e esquecida durante a triv ialidade sabes de tudo isso e por saberes é que te escolhi te digo que o acaso não existe e q ue aconteci no momento exato em que não suportavas mais e mbora não soubesses da tua exaustão é preciso que as cois as se intercalem exatamente c omo está sendo feito esses mo mentos de luz aparentemente banais é preciso essa linearid ade para que subterraneamen te escorra um fluxo intenso e t e digo que subitamente os ho mens enlouquecerão e perpet rarão o que jamais seriam cap azes de perpetrar te digo dessa loucura tão próxima te digo d a proximidade de tua própria destruição e sei que não temes porque eu não te escolheria se não soubesse embora saiba qu e temerás no momento exato e que mais tarde julgarás que foste fraco mas eu te digo ain da que todas as coisas estão s endo feitas como devem ser f eitas e que não podes fugir de

me atemorizasse mas porque
as palavras não te dizem temos
muito pouco tempo nesse pou
co tempo é preciso que todos per
cebam em ti o que nunca viram e
somente no último momento p
ossam ver a tua face essa face
terrível que todos suspeitam te
rrível mas eu reivindico a posse
desse terrível porque me sei
capaz de suportá-lo não falta m
uito tempo agradeço por me te
res dado a consciência da minha
inutilidade mas eu de nada sei
nada conheço do que falo mes
mo assim estou pronto embora
sem compreender inteiramente
sim semearemos a fome e a dis
córdia semearemos o que eles
não seriam capazes de viver se n
ão chegasses não me esquivarei
vejo a tua mão estendida em dir
eção a mim e estendo a minha
própria mão e minha mão e tua
mão se tocam e a minha espera e
a tua conduz sim preparo-me p
ara o grande mergulho no des-
conhecido:

las porque a partir do momento
em que alguém é escolhido faz-se
necessário assumir essa escolha
os temores não serão infundados
nem mesmo esses obscuros pres
sentimentos que te assaltam é p
reciso que alguém faça periclit
ar a ordem das coisas porque essa
ordem permaneceria inabalável
se não houvesse a minha chega
da pois quem provou do ódio dese
jará provar coisas cada vez mais
intensas e o mais intenso que o
ódio só pode ser essa região som
bria à qual os homens deram um
nome mas esses de nada sabem
mesmo tu de nada sabes eu vim
dessa região para semear a fome
e a discórdia e não preciso te con
vencer de nada quero apenas que
te deixes conduzir toma a minha
mão e vê como ela é leve toma da
minha mão e pensa nos lugares
para onde te levarei nesta noite
de quase dezembro e agora pre
para-te para o grande mergulho
no desconhecido:

VI

Por volta das duas da tarde uma aglomeração se fez no meio da praça. Era o sétimo dia. Rumores diluídos de vozes humanas misturadas ao barulho do vento norte que varria a vila há vários dias, levando para longe o cheiro dos animais apodrecidos, latas velhas chocavam-se contra paredes, árvores libertavam folhas que ficavam soltas no ar, frutos caíam pesados no chão, janelas batiam com força espatifando vidros. A princípio não chegou a compreender o que se passava: parecia impossível que alguém ou alguma coisa voluntariamente quebrasse o silêncio estabelecido tácito e imutável, perdurando sempre do meio-dia às quatro da tarde. Com esforço, afastou da testa os cabelos empastados de suor e aproximou-se da janela.

Então distinguiu os homens amontoados sob a estátua do general, em torno do padre, cuja batina esvoaçava estranhamente leve com o vento. Tão logo sua presença foi notada, um brusco silêncio se armou: voltaram-se todos para observá-lo, os pescadores com os chapéus nas mãos, as mulheres com os filhos dependurados na cintura, mesmo os cães cessaram os movimentos e, atentos ao que se preparava, olhavam-no imóveis. Sentiu medo. Aquilo que se desenrolava há tempos, tão de leve que não conseguira ainda nomeá-lo, de repente se concretizou, estampado em sua fisionomia. Não o recusou: descobria no mesmo instante que o medo era matéria de sobrevivência, como o eram todas as coisas, mesmo as esperas frustradas e as inúmeras sedes e os espantos e pequenas descobertas que em si nada significam mas que juntas formavam lentamente camadas superpostas e densas demais sim as densidades insuspeitadas e as estrelas cadentes e a queda de estrelas e a cadência dos passos todas as manhãs a aspirar a maresia e atravessar a praça e muitas coisas e todas as coisas – e finalmente o estar ali parado na janela olhando fixamente a massa que exigia, não permitindo que alguém se individualizasse ou protegesse um mistério qualquer – pois que era fundamental para a sobrevivência de todos que as vidas fossem identicamente claras – tão claras que o sol pudesse vará-las como varava as janelas constantemente abertas – finalmente comprimir os dedos contra o parapeito empoeirado da janela, enfrentando o que ele próprio construíra, as costas molhadas de suor, os olhos ofuscados pela luz intensa, os pés descalços sobre a madeira – cara a cara com o seu invento.

Mas não é verdade que nunca tivesses suspeitado desta tarde e desta fome: não é verdade que por um momento sequer tivesses tentado fugir à tua trágica determinação: não é verdade que alguma vez tivesses sequer pensado numa possibilidade de salvação: sabias desde o começo da consistência ácida do que tecias, e no entanto persistias nela, como quem penetra num beco sem saída, caminhando pela estreita dimensão que sabias desde sempre intransponível: sim, tu sabias deste momento a construir-se desde o começo, e não fizeste nenhuma tentativa de evitá-lo: agora é necessário que enfrentes: embora talvez não soubesses do depois deste momento que se faz agora e portanto não possas estar preparado para o próximo momento: mas deste sabes: tudo se encaminhou para ele, e já não podes fazer mais nada, a não ser enfrentá-lo: tens ainda no peito a chama que te consumia nessas noites paradas de verão: tens ainda o que convencionaste chamar força: tens ainda todas as partículas de tua determinação: tens ainda a tua integridade, embora saibas que ela pode te destruir: pois então toma dessa fibra que a si mesma se construiu em solidão sob teu olhar espantado e impassível: toma dessa fibra feita de algo tão denso quanto o ódio: toma do teu ódio: e agora enfrenta.

Suspirou exausto. Conservou as duas mãos crispadas no parapeito da janela, enquanto o padre se aproximava: sentiu o contato da outra mão em seu ombro, como a ampará-lo. E disse:

– Volta para dentro. Espera. Eles não podem te ver.

Fora do círculo formado pelos pescadores, destacava-se o padre, avançando. Ouviu:

– Queremos que o senhor desça.

E já não era um pedido, já não eram mais aquelas tímidas aproximações cheias de justificativas, não era sequer um convite, nem mesmo uma ordem – mas um fato irreversível.

– Não tenho nada a dizer.

– Não queremos que o senhor diga alguma coisa. Queremos ver o desconhecido. O senhor não nos pode explicar. Queremos que ele nos diga por que depois de sua chegada os pescadores não trouxeram mais peixes, por que o leite coalhou todas as manhãs, por que morreram as crianças nos ventres das mulheres prenhes, por que todas as donzelas perderam a pureza, por que sopra esse vento desde a sua chegada, por que não caíram mais estrelas, por que todas as plantações secaram e os animais morrem de sede pelas ruas, por que esta sede. Esse homem traz a destruição e o demônio dentro de si. O senhor protege esse homem. O senhor é cúmplice da destruição. Um hálito de morte percorre a vila. E o senhor é o culpado disso. Por que não o deixou morrer? Por que não nos deixa ver a face dele? Por que ele não sai às ruas se já está recuperado? Por que o senhor deixou de visitar seus doentes? Por que o senhor está encaminhando estes homens pacíficos para a violência? Queremos saber dos estranhos poderes desse desconhecido.

– Não sei do que o senhor fala. Todas as coisas são as mesmas há muito tempo.

Um murmúrio cresceu na praça. O padre tornou a falar:

– Não queremos usar a força. É melhor que o senhor desça.

Voltou-se para dentro, escrutou-o detidamente, mas sem conseguir perceber nenhum sinal.

– Não tenha medo – disse. – Eu te protegerei.

– Não tenho medo. E não preciso de tua proteção.

– O que há em ti que não compreendo?

– O que há em mim e não compreendes é o mesmo que há em ti, e tampouco compreendes.

Sorriu. Os dentes muito claros. Os olhos azuis. Punhalada de luz.

– Eles são capazes de tudo.

– Eu sei. Também eu sou capaz de tudo.

– Preciso descer. Não quero que morras.

– Também eu não quero que morras. Mas morreremos.

O médico encaminhou-se para a porta. Os ombros curvos. Hesitava entre sair e permanecer no quarto. Então voltou-se e disse:

– Foge pelos fundos enquanto falo com eles – e acrescentou apressadamente, como se precisasse dar forma a uma idéia inesperada antes que ela se desfizesse: – Sim, foge pelos fundos e me espera na praia, no mesmo lugar onde te encontrei, mais tarde irei encontrar contigo, então...

– Então fugiremos?

– Sim, sim. Fugiremos.

– Mas não vês que é impossível?

– Não, não é impossível. Fugiremos para qualquer lugar, não importa onde, não importa qual.

– Havias falado que daqui ninguém foge.

– Não tem importância, não sei mais. Agora vai. Preciso descer.

Desceram juntos a escada, no final separaram-se. O médico abriu a porta e encarou o padre.

– Podem subir – disse. – Ele foi embora. Não há ninguém lá em cima.

Os pescadores entreolharam-se surpresos, subitamente desarmados. Pareceram não saber para onde ir ou o que fazer, até que o padre fez um sinal com a cabeça, encaminhando-se para a porta aberta. O médico recuou, esperando que todos entrassem.

De baixo, viu-os subirem rapidamente as escadas, os pés empoeirados marcando os degraus. Depois ouviu o barulho da porta aberta com violência, exclamações de espanto, rumor de móveis despedaçados, gritos. De repente um silêncio e a voz da mulher sobrepujando ruídos, nítida:

– Não é verdade. Ele enganou vocês. O homem está na praia.

Permaneceu estático por um momento, o vento batendo nos cabelos, os olhos voltados para cima. Depois saiu correndo em direção ao mar.

VII

Do alto das dunas, viu-o no mesmo lugar onde o encontrara pela primeira vez. Os cabelos esvoaçavam ao vento: parecia um menino assim, de longe, um menino qualquer construindo castelos na areia. Correu para ele, os braços abertos, seu corpo oscilava precário, para depois enristar-se feito uma seta, as agulhas finas penetrando as têmporas – seu corpo inteiro: uma agulha fina em direção à pequena mancha. Os pés afundavam e queimavam na areia.

– Eles nos descobriram – gritou.

O desconhecido abanou a cabeça. E novamente o médico pensou em que estranhas marcas, sem serem propriamente marcas, pois não deixavam traços, havia naquele rosto queimado e ainda em preparo, na introdução de alguma coisa que não viria a ser.

– É muito tarde.

– Não. Ainda é tempo. Podemos fugir.

Tentou tomar da mão dele, mas o outro se esquivou num movimento perfeitamente definido, embora suave. Ficaram a encarar-se durante um tempo que o médico julgou longo demais, incompreensível demais – como tudo. Não conseguiu compreender exatamente o que se passava: sabia apenas que precisavam fugir. Embora desde o começo tudo estivesse previsto, não conseguira perceber essa obstinada negação que se faria. Insistiu ainda. E outra vez. Até que ouviu vozes sobre as dunas. Não precisou voltar-se para saber que eram os pescadores: o padre, a mulher e o menino à frente, conduzindo a massa que descia rápida, armada de paus e pedras. Gritavam.

– Não quero ir sozinho – disse. – Vem comigo.

– Mas não irás sozinho, embora eu não vá contigo.

Sem saber exatamente o que fazia, começou a correr pela praia, sem saber também para onde. O sol cegava-o. Pequenos vermes se movimentavam na areia úmida, esmagada sob seus pés. Correu durante muito tempo, depois deixou-se cair exausto sobre os próprios joelhos. Então voltou-se e viu-o, no meio da multidão enfurecida, os braços baixavam e abatiam-se sobre sua cabeça repetidas vezes. Podia ver o sangue escorrendo, misturando seu vermelho com a brancura da areia. Mas não havia gritos. Tudo estava muito quieto.

Esperou que todos se afastassem e voltou. Escurecia aos poucos. Quando alcançou o corpo, uma chuva fina começou a cair. O vento tinha cessado. A chuva pouco a pouco adensada: tomou entre as mãos a cabeça destroçada e ficou olhando durante muito tempo para dois olhos azuis escancarados. O sangue ainda escorria. Quente. Quando a noite baixou, arrumou cuidadoso o cadáver, lavou as manchas de sangue do rosto, depois foi entrando lentamente no mar. Antes de mergulhar olhou para cima e, embora chovesse, inúmeras estrelas cadentes riscavam o céu de ponta a ponta.

PARA UMA AVENCA PARTINDO

– Olha, antes do ônibus partir eu tenho uma porção de coisas pra te dizer, dessas coisas assim que não se dizem costumeiramente, sabe, dessas coisas tão difíceis de serem ditas que geralmente ficam caladas, porque nunca se sabe nem como serão ditas nem como serão ouvidas, compreende? olha, falta muito pouco tempo, e se eu não te disser agora talvez não diga nunca mais, porque tanto eu como você sentiremos uma falta enorme de todas essas coisas, e se elas não chegarem a ser ditas nem eu nem você nos sentiremos satisfeitos com tudo que existimos, porque elas não foram existidas completamente, entende, porque as vivemos apenas naquela dimensão em que é permitido viver, não, não é isso que eu quero dizer, não existe uma dimensão permitida e uma outra proibida, indevassável, não me entenda mal, mas é que a gente tem tanto medo de penetrar naquilo que não sabe se terá coragem de viver, no mais fundo, eu quero dizer, é isso mesmo, você está acompanhando o meu raciocínio? falava do mais fundo, desse que existe em você, em mim, em todos esses outros com suas malas, suas bolsas, suas maçãs, não, não sei por que todo mundo compra maçãs antes de viajar, nunca tinha pensando nisso, por favor, não me interrompa, realmente não sei, existem coisas que a gente ainda não pensou, que a gente talvez nunca pense, eu, por exemplo, nunca pensei que houvesse alguma coisa a dizer além de tudo o que já foi dito, ou melhor, pensei sim, não, pensar propriamente não, mas eu sabia, é verdade que eu sabia, que havia uma outra coisa atrás e além de nossas mãos dadas, dos nossos corpos nus, eu dentro de você, e mesmo atrás dos silêncios, aqueles silêncios saciados, quando a gente descobria alguma coisa pequena para observar, um fio de luz coado pela janela, um latido de cão no meio da noite, você sabe que eu não falaria dessas coisas se não tivesse a certeza de que você sentia o mesmo que eu a respeito dos fios de luz, dos latidos de cães, é, eu não falaria, uma vez eu disse que a nossa diferença fundamental é que você era capaz apenas de viver as superfícies, enquanto eu era capaz de ir ao mais fundo, de não sentir medo desse mais fundo, você riu porque eu dizia que não era cantando desvairadamente até ficar rouca que você ia conseguir saber alguma coisa a respeito de si própria, mas sabe, você tinha razão em rir daquele jeito porque eu também não tinha me dado conta de que enquanto ia dizendo aquelas coisas eu também cantava desvairadamente até ficar rouco, o que quero dizer é que nós dois cantamos desvairadamente até agora sem nos darmos conta, é por isso que estou tão rouco assim, não, não é dessa coisa da garganta que falo, é de uma outra, de dentro, entende? por favor, não ria dessa maneira nem fique consultando o relógio o tempo todo, não é preciso, deixa eu te dizer antes que o ônibus parta que você cresceu em mim dum jeito completamente insuspeitado, assim como se você fosse apenas uma semente e eu plantasse você esperando ver nascer uma plantinha qualquer, pequena, rala, uma avenca, talvez samambaia, no máximo uma roseira, é, não estou sendo agressivo não, esperava de você apenas coisas assim, avenca, samambaia, roseira, mas nunca, em nenhum momento essa coisa enorme que me obrigou a abrir todas as janelas, e depois as portas, e pouco a pouco derrubar todas as paredes e arrancar o telhado para que você crescesse livremente, você não cresceria se eu a mantivesse presa num pequeno vaso, eu compreendi a tempo que você precisava de muito espaço, claro, claro que eu compro uma revista pra você, eu sei, é bom ler durante a viagem, embora eu prefira ficar olhando pela janela e pensando coisas, estas mesmas coisas que estou tentando dizer a você sem conseguir, por favor, me ajuda, senão vai ser muito tarde, daqui a pouco não vai ser mais possível, e se eu não disser tudo não poderei nem dizer nem fazer mais nada, é preciso que a gente tente de todas as maneiras, é o que estou fazendo, sim, esta é minha última tentativa, olha, é bom você pegar sua passagem, porque você sempre perde tudo nessa sua bolsa, não sei como é que você consegue, é bom você ficar com ela na mão para evitar qualquer atraso, sim, é bom evitar os atrasos, mas agora escuta: eu queria te dizer uma porção de coisas, de uma porção de noites, ou tardes, ou manhãs, não importa a cor, é, a cor, o tempo é só uma questão de cor, não é? pois isso não importa, eu queria era te dizer dessas vezes em que eu te deixava e depois saía sozinho, pensando numa porção de coisas que eu ia te dizer depois, pensando também nas coisas que eu não ia te dizer, porque existem coisas terríveis que precisam ser ditas, não faça essa cara de espanto, elas são realmente terríveis, eu me perguntava se você era capaz de ouvir, se você teria, não sei, disponibilidade suficiente para ouvir, sim, era preciso estar disponível para ouvi-las, disponível em relação a quê? não sei, não me interrompa agora que estou quase conseguindo, disponível só, não é uma palavra bonita? sabe, eu me perguntava até que ponto você era aquilo que eu via em você ou apenas aquilo que eu queria ver em você, eu queria saber até que ponto você não era apenas uma projeção daquilo que eu sentia, e se era assim, até quando eu conseguiria ver em você todas essas coisas que me fascinavam e que no fundo, sempre no fundo, talvez nem fossem suas, mas minhas, e pensava que amar era só conseguir ver, e desamar era não mais conseguir ver, entende?

dolorido-colorido, estou repetindo devagar para que você possa compreender, melhor, claro que dou um cigarro pra você, não, ainda não, faltam uns cinco minutos, eu sei que não devia fumar tanto, é, eu sei que os meus dentes estão ficando escuros, e essa tosse intolerável, você acha mesmo a minha tosse intolerável? eu estava dizendo, o que é mesmo que eu estava dizendo? ah: sabe, entre duas pessoas essas coisas sempre devem ser ditas, o fato de você achar minha tosse intolerável, por exemplo, eu poderia me aprofundar nisso e concluir que você não gosta de mim o suficiente, porque se você gostasse, gostaria também da minha tosse, dos meus dentes escuros, mas não aprofundando não concluo nada, fico só querendo te dizer de como eu te esperava quando a gente marcava qualquer coisa, de como eu olhava o relógio e andava de lá pra cá sem pensar definidamente em nada, mas não, não é isso, eu ainda queria chegar mais perto daquilo que está lá no centro e que um dia destes eu descobri existindo, porque eu nem supunha que existisse, acho que foi o fato de você partir que me fez descobrir tantas coisas, espera um pouco, eu vou te dizer de todas essas coisas, é por isso que estou falando, fecha a revista, por favor, olha, se você não prestar muita atenção você não vai conseguir entender nada, sei, sei, eu também gosto muito do Peter Fonda, mas isso agora não tem nenhuma importância, é fundamental que você escute todas as palavras, todas, e não fique tentando descobrir sentidos ocultos por trás do que estou dizendo, sim, eu reconheço que muitas vezes falei por metáforas, e que é chatíssimo falar por metáforas, pelo menos para quem ouve, e depois, você sabe, eu sempre tive essa preocupação idiota de dizer apenas coisas que não ferissem, está bem, eu espero aqui do lado da janela, é melhor mesmo você subir, continuamos conversando enquanto o ônibus não sai, espera, as maçãs ficam comigo, é muito importante, vou dizer tudo numa

só frase, você vai..
....
.... sim, sei, eu vou escrever, não, eu não vou escrever, mas é bom você botar um casaco, está esfriando tanto, depois, na estrada, olha, antes do ônibus partir eu quero te dizer uma porção de coisas, será que vai dar tempo? escuta, não fecha a janela, está tudo definido aqui dentro, é só uma coisa, espera um pouco mais, depois você arruma as malas e as bolsas, fica tranqüila, esse velho não vai incomodar você, olha, eu ainda não disse tudo, e a culpa é única e exclusivamente sua, por que você fica sempre me interrompendo e me fazendo suspeitar que você não passa mesmo duma simples avenca? eu preciso de muito silêncio e de muita concentração para dizer todas as coisas que eu tinha pra te dizer, olha, antes de você ir embora eu quero te dizer quê.

INICIAÇÃO

Para
Paulo César Paraná

I

Foi numa dessas manhãs sem sol que percebi o quanto já estava dentro do que não suspeitava. E a tal ponto que tive a certeza súbita que não conseguiria mais sair. Não sabia até que ponto isso seria bom ou mau – mas de qualquer forma não conseguia definir o que se fez quando comecei a perceber as lembranças espatifadas pelo quarto. Não que houvesse fotografias ou qualquer coisa de muito concreto – certamente havia o concreto em algumas roupas, uma escova de dentes, alguns discos, um livro: as miudezas se amontoavam pelos cantos. Mas o que marcava e pesava mais era o intangível.

Lembro que naquela manhã abri os olhos de repente para um teto claro e minha mão tocou um espaço vazio a meu lado sobre a cama, e não encontrando procurou um cigarro no maço sobre a mesa e virou o despertador de frente para a parede e depois buscou um fósforo e uma chama e fumei fumei fumei: os olhos fixos naquele teto claro. Chovia e os jornais alardeavam enchentes. Os carros eram carregados pelas águas, os ônibus caíam das pontes e nas praias o mar explodia alto respingando pessoas amedrontadas. A minha mão direita conduzia espaçadamente um cigarro até minha boca: minha boca sugava uma fumaça áspera para dentro dos pulmões escurecidos: meus pulmões escurecidos lançavam pela boca e pelas narinas um fio de fumaça em direção ao teto claro onde meus olhos permaneciam fixos. E minha mão esquerda tocava uma ausência sobre a cama.

Tudo isso me perturbava porque eu pensara até então que, de certa forma, toda minha evolução conduzira lentamente a uma espécie de não-precisar-de-ninguém. Até então aceitara todas as ausências e dizia muitas vezes para os outros que me sentia um pouco como um álbum de retratos. Carregava centenas de fotografias amarelecidas em páginas que folheava detidamente durante a insônia e dentro dos ônibus olhando pelas janelas e nos elevadores de edifícios altos e em todos os lugares onde de repente ficava sozinho comigo mesmo. Virava as páginas lentamente, há muito tempo antes, e não me surpreendia nem me atemorizava pensar que muito tempo depois estaria da mesma forma de mãos dadas com um outro eu amortecido – da mesma forma – revendo antigas fotografias. Mas o que me doía, agora, era um passado próximo.

Não conseguia compreender como conseguira penetrar naquilo sem ter consciência e sem o menor policiamento: eu, que confiava nos meus processos, e que dizia sempre saber de tudo quanto fazia ou dizia. A vida era lenta e eu podia comandá-la. Essa crença fácil tinha me alimentado até o momento em que, deitado ali, no meio da manhã sem sol, olhos fixos no teto claro, suportava um cigarro na mão direita e uma ausência na mão esquerda. Seria sem sentido chorar, então chorei enquanto a chuva caía porque estava tão sozinho que o melhor a ser feito era qualquer coisa sem sentido. Durante algum tempo fiz coisas antigas como chorar e sentir saudade da maneira mais humana possível: fiz coisas antigas e humanas como se elas me solucionassem. Não solucionaram. Então fui penetrando de leve numa região esverdeada em direção a qualquer coisa como uma lembrança depois da qual não haveria depois. Era talvez uma coisa tão antiga e tão humana quanto qualquer outra, mas não tentei defini-la. Deixei que o verde se espalhasse e os olhos quase fechados e os ouvidos separassem do som dos pingos da chuva batendo sobre os telhados de zinco uma voz que crescia numa história contada devagar como se eu ainda fosse menino e ainda houvesse tias solteironas pelos corredores contando histórias em dias de chuva e sonhos fritos em açúcar e canela e manteiga.

II

Ele tinha medo porque não sabia onde se encontrava. Ainda não havíamos falado: eu estava sentado no meio do circo e, deitado sobre a plataforma, envolto em renda vermelha, ele me dizia devagar que estava perdido. Para tranqüilizá-lo, ou para tranqüilizar a mim mesmo, fui dizendo no mesmo ritmo que era talvez um templo dos tempos futuros, onde cada um faria o que bem entendesse.

Ave templo dos escolhidos – ele disse sorrindo. E eu sorri também, um sorriso idiota, como pedindo desculpas por não ter ousado dar o nome que ele dava. Ele sorriu novamente, desta vez como se compreendesse e avisasse que aqueles eram os últimos instantes antes da perdição. Tive medo de compreender, e acrescentei rapidamente que talvez estivéssemos sendo raptados por um disco voador: ele ficou sério. Sem sentir que eu penetrava no mesmo e doce pânico. Procurei ver seu corpo, coberto por renda vermelha, naquele momento exato o importante era distinguir seu sexo, a idade, a cor dos cabelos, dos olhos, a conformação da boca, a consistência da pele, os ossos da bacia – naquele momento tentei percebê-lo concreto e absoluto, e se tivesse conseguido sei que a salvação teria começado no mesmo momento em que a perdição se armava, sem se interligarem num único caminho – como mais tarde aconteceu. Mas um grupo de pessoas colocou-se entre nós e eu o perdi de vista. Só depois de muito tempo é que se afastaram e consegui olhar para ele. Mas nada vi. A renda vermelha libertava apenas dois pés assexuados, anônimos, incógnitos, sozinhos. Esperei.

E não mais ouvi seu medo porque depois as luzes apagaram, nasceu uma claridade roxa dos cantos e, enquanto movimentos estremeciam os corpos deitados ao lado dele, suspeitei que o ritual começara: a missa ou a decolagem em direção a Alfa Centauro. A missa celebrando a loucura divina: o sumo sacerdote suspendendo um lindo sonho dourado em suas mãos pálidas. Alfa Centauro – a meta. Apertei as duas mãos contra a poltrona e tentei voltar às folhas amarelecidas de meu álbum. Ah como quis de repente estar outra vez debruçado na janela aberta para os jasmins da ruazinha estreita. Como quis de repente aquela crença antiga e aquele cavalo jovem galopando no meu corpo. Como quis os jasmins enquanto abria as portas para cruzar sete passagens tão amedrontado como se não me julgasse feito e consumado e consumido. Não tinha sequer uma memória quando ele começou a despir suas vestes vermelhas.

III

Não sei se alguém mais percebeu. De qualquer maneira, eu estava tão sozinho dentro daquilo que tudo que percebesse seria somente meu. O detalhe. Não aquelas centenas de pessoas nuas correndo pelas plataformas, nem o som estridente das guitarras elétricas, nem o vermelho das paredes ou o metal das cadeiras, a lona do teto, o todo, o tudo. Separei-o cuidadoso e voluntário dos outros. E vi.

A renda escorregou aos poucos revelando um corpo talvez masculino, o sexo oculto por um pequeno retalho preto. A conformação suave dos ombros, uma fragilidade inesperada no plexo liso equilibrado sobre uma bacia de ossos salientes como facas e pernas fortes nascendo e pés de longos dedos magros e pobres com suas unhas rentes, brancas, limpas. Depois escorregou o capuz e desvendou súbito um emaranhado de cabelos crespos civilizados por gestos bruscos que os afastavam para trás libertando uma testa lisa de enormes olhos claros desenhados e um sorriso de mil anos atrás da estrutura mansa de uma boca feita em dentes brancos e língua terna. Não consegui acompanhar seus movimentos descontrolados, até o momento em que comecei a perceber qualquer coisa como um adolescente habitando aquele corpo. Afundei num espanto pesado. E olhei. Durante muito tempo olhei sem ver o que via, com medo do terrível entrincheirado dentro do adolescente nu. Mas não gritei.

Aos poucos, um todo começou a se formar à sua volta. Aos poucos, ele começou a se tornar o centro daquele todo. Aos poucos, ele se desdobrou em faces e formas para cada um dos que o viam. E não eram muitos. Mas desses escolhidos ele escolheria o que ousasse para assassiná-lo pouco a pouco em dentadas estraçalhantes: o sangue jorraria de todas as veias abertas para regar uma semente plantada por seus gestos luzidios como o fio de uma navalha. Equilibrava-se em sua própria lâmina e morria em cada movimento, explodindo escuro e colorido no meio da plataforma. Aceitei.

IV

Depois de muito tempo, percebi que procurava sempre um ponto de onde pudesse ser visto por mim, e percebi que quando a luz violeta batia em seus olhos claros eles estavam fixos em mim, e quando havia luz sobre minha cabeça ele olhava e sorria e triturava palavras incompreensíveis entre os dentes brancos. E quando tudo se aproximava do fim ele assumiu ainda outras formas, como se me convidasse a escolher a que mais me convinha, sem saber que eu aceitaria qualquer forma e qualquer face, sem saber absolutamente nada de mim. Quando tudo terminava, ele morreu e explodiu mais vezes sobre a plataforma roxa à minha frente. Sem sentir, comecei a aplaudi-lo em pé e a sorrir-lhe como se houvesse um pacto entre nós, e a olhá-lo de maneira tão funda e tão oblíqua quanto a que ele me olhava. E de repente estávamos nós dois sozinhos dentro do circo.

Não houve necessidade de palavras. Avancei entre as cadeiras de metal, vencendo corredores vazios, aos poucos caminhando em direção a ele, que me esperava com sua túnica branca sobre o corpo molhado de suor. Estendi os braços em sua direção e depois de algum tempo as pontas de meus dedos tocaram as pontas de seus dedos e descargas elétricas e fluxos e raios e nervos se interpenetraram enlouquecidos até que minhas mãos conseguissem atingir seus ombros e suas mãos atingissem meus ombros e seu peito ficasse colado ao meu e seus cabelos roçassem com força contra meu rosto e seus olhos de imensas pupilas dilatadas se afastassem depois de um tempo que me pareceu interminável e se unissem à voz rouca para dizer alguma coisa que não consegui entender mas que soou como um aviso um perigo não entre não entre no definitivo mas eu não conseguia entender enquanto seus olhos fixos desprendiam raios e sua voz libertava avisos seculares medos de lugares desconhecidos eu já não conseguia voltar atrás havia rompido com todas as mitologias para penetrar num escasso ou amplo espaço de onde não sabia se sairia vivo ou morto ou renovado sentia ao mesmo tempo no contato das mãos e dos raios todos os jasmins das ruazinhas fechadas e fotografias antigas manhãs e a janela aberta mostrando uma brecha entre as nuvens e o sol lavando o outro lado da baía e as caminhadas e os canteiros e toda a chuva afogando sem distinção os becos e as avenidas da cidade onde habitava desamparado e heróico dentro do meu medo e da minha incompreensão eu não queria mas abrira sem sentir a porta de um poço sem fundo e sem volta.

V

Um tempo depois, contou-me histórias sob este mesmo teto claro, seu corpo dúbio preenchendo a ausência onde agora minha mão esquerda grita. Mostrou-me com dedos longos a pequena mancha escura no centro da testa, e sem que dissesse mais nada eu imediatamente soube que vinha dali a sua força. Mas não tive medo. Aos poucos, eu também conseguiria formar essa pequena mancha para que nos transformássemos em profetas do mesmo apocalipse. Disse-me depois – e nesse dia chovia como agora – que vinha de um mundo paralelo, e traçou com dedos cruzados estranhos signos no espaço que separava sua boca da minha. Falou-me de sua revolta e de seu cérebro e dos cérebros de seus compatriotas: feitos de fios e microtransistores programados e ligados e desligados à vontade de um Poder Central Incógnito. Falou-me de seu corpo humano e de sua mente elaborada pacientemente por cientistas altamente especializados. Falou-me das extensas legiões de robôs em seu mundo árido, e de sua marginalidade: revoltara-se contra o Poder e voluntariamente conseguira desprogramar-se para programar-se outra vez segundo sua própria vontade. Teve alguns companheiros segregados a vales e cavernas insuspeitados naquele mundo de vidro. Pretendiam uma revolta para que todos aos poucos conseguissem condições para desprogramar-se, programando-se segundo suas vontades individuais e segundo um mínimo de exigência do grupo, visando à ordem dentro da desordem absoluta e primitivismo consciente e sobretudo amor de mãos dadas. Todos concordavam. Surgiam novos adeptos. Aos poucos conseguiam programar-se segundo as ordens do Poder apenas nas horas de trabalho, para programarem-se segundo eles próprios nas horas de descanso. Essa dupla vida não os deixava mais desligarem-se, e seus corpos humanos ficaram com as peles marcadas por uma profunda palidez, olheiras esverdeadas surgiam sob os olhos de pupilas imensas, suas mãos tremiam e suas bocas ressecadas libertavam palavras lúcidas e cósmicas: apreendiam o universo e transmitiam-no pelos vales a discípulos espantados e ávidos. As iniciações seguiam um ritual ao mesmo tempo requintado e bárbaro: curtos-circuitos terríveis carbonizavam os fios, os microtransistores explodiam – e em breve formavam uma seita tão vasta que não mais se preocupavam em programar-se segundo o Poder. Na testa de cada um nasceu uma pequena mancha escura: ampliavam-se dia a dia, reproduzindo-se e imprimindo-se nos demais de tal forma que quase não podiam ser distinguidos uns dos outros. Mesmo assim, eram ainda uma minoria. E foram denunciados, sem que soubessem como nem por quem. O Poder Central Incógnito capturou-os um a um: os que ainda não haviam aderido foram programados para dar caça a qualquer membro da seita. Os insurretos escondiam-se pelos vales e cavernas, mas o mundo de vidro revelava-os em sua transparência e aos poucos iam sendo executados em cadeiras elétricas dispostas no meio da praça principal. Três deles, os líderes, haviam evoluído tanto em sua autoprogramação que conseguiram programar-se de acordo com um mundo paralelo ao seu – o nosso – e transportaram-se para cá, dispondo-se em pontos estratégicos sobre a Terra. Não perdera o contato com os outros dois, mas pouco quis falar sobre eles. Disse apenas que mantinham um constante triálogo para poderem cumprir sua missão: colocavam obscuros e misteriosos avisos em teatros, cinemas, bares, metrôs, farmácias, muros. Esperavam aos poucos reunir uma nova seita que pudesse retornar ao mundo de vidro para destruir o Poder.

Disse-me ainda que o primeiro sinal para os escolhidos seria uma pequena mancha escura nascida no meio da testa, idêntica à sua. E que todos os que conseguissem formar essa marca seriam iniciados e teriam seus cérebros libertados para que pudessem se autoprogramar segundo sua própria mitologia e crença. E que de toda essa legião partiriam profetas para todos os lados e, dentro de um tempo impreciso, os que sobrevivessem e fossem suficientemente fortes para aceitar todas as novas mensagens e proposições – esses teriam uma vida total, e poderiam morrer de amor, se quisessem, ou não morrer.

Calou e sorriu. E calando e sorrindo pouco depois de falar em amor, ganhou uma inesperada doçura: suas palavras deixaram de ser frias, e dispôs sinais estranhos sobre minha fronte, e pela última vez penetramos um no outro através dos dedos e dos raios emitidos pelos dedos e a mesma luz roxa se fez novamente e novamente me senti caminhando em direção à sua túnica branca – mas desta vez meu cérebro estava suficientemente livre para que eu não temesse. E mesmo sabendo que aquele poço não tinha fundo nem volta deixei que suas paredes translúcidas envolvessem meus membros e sua cintilante escuridão repleta de pontos fosforescentes penetrasse e perpetrasse em minha carne e em minha mente a semente plantada daquilo que eu não suspeitava e que cresceria escondida em suas folhas verdes até que uma chuva inesperada e terrível afogasse a cidade em suas águas e fizesse essa semente explodir numa manhã sem sol em que com a mão esquerda eu acariciaria a ausência do que me trouxe para esta fronteira e com a mão direita conduziria um cigarro até meus lábios secos sob um teto de madeiras claras e a semente banhada pela chuva tropical explodisse dentro de mim em galhos verdes e pequenas sementes e ramagens e folhas até que dessa árvore nascesse um fruto miúdo e escuro: um miúdo fruto escuro na parte superior da árvore confirmaria minha escolha e minha desgraça.

VI

Percebi que voltava quando meus dedos contraíram-se em contato com a brasa do cigarro. O verde se desfez aos poucos, abandonando o externo para se avolumar dentro de mim. Os ouvidos se abriram novamente para a chuva cessando sobre os telhados de zinco e os olhos divisaram aos poucos as madeiras muito claras do teto. Desdobrei os olhos pelos cantos do quarto, mas os sinais concretos de sua passagem tinham desaparecido. Pensei em procurá-los, mas imediatamente soube da inutilidade da procura, e percebi que ele havia tomado diversas formas para chegar até mim, das mais cotidianas às mais insólitas.

Saí da janela e, enquanto um sol rompia devagar as nuvens do outro lado da baía, curvei-me para o cheiro limpo da terra molhada, o verde renascido de todas as plantas. Então compreendi todos os avisos e os estranhos acontecimentos e os inexplicáveis encontros e desencontros e o processo de seleção e aquelas pessoas pálidas de pupilas enormes encontradas pelas esquinas antes dele, e ele próprio. Observei o que antes chamara de ausência sobre a cama, e percebi que meu corpo ainda humano sentia na carne a falta das descargas elétricas de seus dedos, mas que em meu cérebro estranhos circuitos geravam suas próprias imagens e sua memória e sua mitologia e que eu dispunha de mim como se fosse meu próprio dono e que se meu corpo ainda humano sofria fomes e ausências esse cérebro guardava todas as coisas não mais como um álbum de retratos mas como partes integrantes e integradas de mim mesmo. Não sentia mais sua ausência porque eu também era ausência. Não me sentia sozinho nem desorientado porque sabia que se não era ao mesmo tempo todas as outras pessoas e todas as coisas havia pelo menos alguns que haviam sido também escolhidos e que nos encontraríamos e que talvez já nos tivéssemos encontrado e que nosso caminho a princípio escuro era o mesmo. Soube para sempre que ele não voltaria. E que não tinha me abandonado.

Na frente do espelho, toquei meu tronco nodoso e forte e estendi meus galhos em direção às janelas e a chuva cessou e o sol acabou de romper as nuvens espalhado nítido em raios sobre o verde intenso de meu corpo. Então qualquer coisa como dedos delicados tocou suave e firmemente um pequeno fruto escuro recém-nascido no centro de minha testa. A marca.

CAVALO BRANCO NO ESCURO

Lá fora alguém caminha no escuro. Posso ouvir nitidamente seus passos esmagando devagar o cascalho fino do jardim. Como se tomasse cuidado para não me acordar. Como se eu dormisse. Às vezes se detém, e julgo ouvir sua respiração espessa de animal atravessando as vidraças abaixadas para chocar-se contra as paredes, e depois tombar sobre mim sufocando minha própria respiração. É então que sinto medo. Deixo de sentir o contato gorduroso dos lençóis contra minha pele, e fico todo concentrado nessa coisa: o medo. Não dele, nem de seus passos, nem de que possa de repente espatifar as vidraças para entrar no quarto – também não tenho medo de sua possível violência, de suas prováveis garras. O que me assusta é justamente essa respiração de animal. Essa coisa grossa, azeda, estranhamente flácida e morna, da mesma consistência dos lençóis sujos.

Para evitar esse medo que sufoca o cheiro dos lençóis e de meu próprio corpo, penso no jardim. E quando, por segundos, o cascalho pára de estalar sob seus pés, penso que é porque se aproximou do canteiro de margaridas. E recomponho na memória essas margaridas amontoadas no canteiro de tijolos, com seus talos verdes e rígidos, suas longas pétalas brancas e o miolo amarelo, granuloso, sem nenhum cheiro. Quando o medo é maior, penso nas hortênsias. Eram azuis, as hortênsias. Ficavam distantes da janela, próximas do poço e da parreira, quase no quintal. Eram azuis e sólidas, as hortênsias. Também não tinham cheiro, como as margaridas, nem gosto. Uma vez experimentei mastigar algumas pétalas, e tive a sensação exata de ter entre os dentes algo tão fino e frágil como uma asa de borboleta. Eram azuis e sólidas, e às vezes eu cobria os cabelos com elas, prendendo-as atrás das orelhas para depois olhar-me no espelho grande do corredor e achar-me parecido com uma daquelas gravuras japonesas do livro de História de minha mãe – as gueixas, as hortênsias. Essas eram elas.

Quando o medo é quase absurdo, e principalmente quando o cheiro daquela respiração ameaça tornar-se insuportável, recorro aos jasmins. Só então recorro aos jasmins. Deixo-os por último, quando estou à beira de dar um grito ou fazer algum movimento brusco para libertar-me – mesmo sabendo que estou demasiado enfraquecido para dar gritos ou fazer gestos bruscos. Talvez a impossibilidade de fazer essas coisas é que me obrigue a recorrer aos jasmins. Porque eu sempre soube que eles eram o último recurso, última porta, última chave. Eles, os jasmins: última varanda antes da fronteira que me separa do que não conheço. Vejo-os crescer nas sombras para se abrirem em corolas fartas e pálidas: eu me debruço na janela, eu sou muito jovem, eu acredito, eu sou quase um menino que se debruça na janela e olha para esses jasmins pálidos e frios e entontece aos poucos com o perfume doce e olha para a lua, porque havia uma lua quase sempre cheia naquele tempo, e pergunta em espanto o que vai ser dele, que durezas ou doçuras lhe trará essa coisa que ainda não tocou com suas próprias mãos e que chamam de *vida*, eles, os outros, os que dormem além da porta sem saberem desse menino e desse espanto e dessa lua e sobretudo desses jasmins gelados no jardim. Esse quase menino que sou eu, esse menino suspeita e sente que quase pode viajar na esteira do perfume dos jasmins que voa por cima do muro de tijolos, ultrapassa a sarjeta para misturar-se à terra vermelha da rua e perder-se nas unhas-de-gato do terreno ao lado e no valo da calçada oposta e na casa branca de madeira sobre a elevação de terra – esse menino não chora e não diz nada. Tem olhos enormes para o que ainda não chegou e talvez não chegue nunca.

Tudo isso é doloroso para mim, porque sei que o jardim não é esse, sei mesmo que talvez nem exista um jardim, sei que os jasmins se perderam, e recorro à casa, e penetro cada um de seus aposentos, e desvendo a casa, e recorro à rua, ao arco branco no fim da rua, e à cidade de ruazinhas estreitas e tortas e vizinhos na janela e estradas de terra batida e poeirenta. Mas sei: sempre sei que tudo isso não está mais do lado de fora: sei que já não bastaria abrir a janela: sei que não bastaria a janela. Como se minhas unhas crescessem e eu as cravasse no meu próprio peito. Digo para mim mesmo que não é preciso assassinar o que já está morto, mas enquanto dura a respiração dele, preciso continuar enterrando as unhas devagar na carne, afastando músculos e veias e ossos, como se escavasse a terra em busca de uma semente. Preciso revirar o punhal com dedos seguros, até conseguir extrair algumas gotas de sangue da carne morta. Não consigo. Sei que não consigo no momento em que a respiração cessa e os passos voltam a esmagar o cascalho.

De vez em quando um movimento mais brusco faz com que brote um ruído de folhagens esmagadas. Imagino-o pisando nas margaridas, rasgando as hortênsias, esmagando os jasmins entre os dentes escuros, nas mãos de dedos curtos e juntas grossas, sob as patas de cascos partidos, o corpo áspero de pêlos espojando-se sobre os verdes que minha mãe esquecia de regar e que cresciam apenas por teimosia. A teimosia e a chuva enredando seus membros sobre o muro, sob a terra. Sei que o sangue já não corre: sei que nenhuma semente veio à tona: sei que de nada adianta espreitar dia após dia o seu crescimento, porque não crescerão: sei que é inútil afastar as pedras e os parasitas, tentando distinguir uma pequenina folha verde. Sei que as chuvas não caem mais como antigamente. Então me encolho entre os lençóis e fico ouvindo o cascalho rangendo sob seus pés.

Quando o ruído cessa e penso que ele se afastou por alguns momentos, fixo os olhos no teto ou na parede e tento distinguir apenas cores e formas. Mas não sei mais se o que vejo é o que vejo ou apenas o que penso ver. Dizem que quando se fica muito tempo sem comer acontecem alucinações, da mesma forma como quando se toma drogas. Não sei se são alucinações causadas pela fome, e já não tomo nenhuma droga desde que resolvi deixar que tudo secasse para que viesse à tona apenas o que quisesse vir, sem que eu o chamasse. Seja como for, eu o via. Não esse, o que caminha no escuro, porque não sei de seu corpo nem de sua face, mas um outro, talvez o mesmo, não sei.

Ele estava na parede. A parede é azul. No começo, foi só o que vi: a parede azul. Depois notei que o azul se movia e aquilo que eu julgava fazer parte da matéria da parede destacava-se e ganhava a forma de um corpo, um corpo vestido de azul. Esse corpo vestido de azul destacou-se da parede e veio sentar-se a meu lado, na beira da cama. Foi quando colocou uma das mãos na minha testa que tive vontade de sorrir para ele. Fazia muito tempo que eu não tinha vontade de sorrir para nada nem para ninguém, então era extraordinário que ele conseguisse perturbar assim os cantos de meus lábios, fazendo com que eles se movimentassem duramente, numa tentativa de se abrirem. Mas não sorri. Sabia de meus dentes sujos, sabia da escuridão de minha boca. E não queria assustá-lo, sobretudo isso: não queria assustá-lo porque poderia retirar a mão de minha testa e levantar-se daquele lugar. Há muito tempo ninguém me tocava. Acho que ele sentiu o meu sorriso preso e a minha confusão, porque perguntou devagar alguma coisa, exatamente como se tentasse quebrar um momento de embaraço. Não sei que coisa foi, também não sei o que respondi. Sei que depois de ouvir minha resposta, afastou-se abanando a cabeça e dizendo que não era possível, que não ia dar certo, que ele sabia que não tinha jeito. Abriu os braços e voltou a confundir-se com a parede.

Foi depois disso que começou essa coisa dos passos, a respiração, o medo, as margaridas, as hortênsias, os jasmins. Ou antes, não lembro. Você é bonito, quis dizer a ele. Mas não foi possível. Foi tudo demasiado rápido. Agora já é muito tarde e eu simplesmente me recuso. Quando resolvi fugir daquelas coisas torpes lá de fora não pensei que fosse tão fácil: na verdade foi tudo muito natural, como se um dia isso tivesse mesmo que acontecer, e exatamente dessa forma. Não precisei fazer esforço algum. Só deitar e esperar. A princípio ainda classificava lembranças e memórias, tinha consciência de um antes, um durante, um depois, de um real e um irreal, um tangível e um intangível, um humano e um divino: separava minha memória e meus conhecimentos em partes cuidadosamente distintas. Depois que ele começou a rondar minha janela, ou antes, não sei, tudo se confundiu num só bloco, e fiquei assim: esta massa compacta toda à superfície de si mesma. Não lembro de ninguém assim tão à flor de si mesmo: raiz, caule, folhas e frutos. Talvez seja bonita uma coisa assim, uma pessoa assim. Ou horrível, não sei. Talvez eu esteja sendo gerado, também não sei. Sei que falta pouco. Eu queria que não fosse assim, que não tivesse sido assim. Mas não consegui evitar. A semente recusava-se a vir à tona, eu nem sempre tinha tempo ou vontade de regá-la, e não chovia mais – foi isso o que aconteceu.

Pressinto que vai ser agora. Tenho mesmo certeza de que vai ser agora. Os passos se aproximam. Faço um grande esforço e consigo aprumar um pouco meu corpo sobre a cama. O cascalho estala. Distendo meus braços e pernas, e nesse movimento há como uma dor brotando de um fundo muito escondido. A janela começa a ceder. Fixo a atenção na minha própria cabeça, até deixá-la ereta. Ouço o barulho dos vidros caindo sobre o chão. Todos esses movimentos fazem com que um cheiro desagradável de coisa apodrecida se desprenda dos lençóis e de meu corpo e quando sinto as garras tocando-me devagar nos dedos dos pés já não sei distinguir se esse cheiro que violenta minhas narinas vem dos lençóis ou de meu corpo ou de sua respiração ofegante pesada viscosa grossa repulsiva e morna subindo por minhas pernas até atingir meus joelhos misturada a uma baba viscosa e não sinto nojo apenas uma vaga curiosidade e pergunto a mim mesmo se tudo isso pertencerá mesmo a um animal ou a um homem ou a qualquer outra coisa e passa-me pela cabeça um rápido pensamento assim: não será a trepadeira que caía da janela? e digo que não e digo que sim e é quando sinto uma coisa escura como uma boca abater-se sobre meu sexo que começo a pensar nas margaridas e digo assim *agora que a tua linha paralela à minha vai ficar ainda mais distante não vou ter ninguém mais pra me dar uma margarida de repente pra não dizer nada pra me encontrar no fim da rua** mas tudo isso está morto então volto às hortênsias e vejo as encostas cobertas de borboletas azuis amarelas cor-de-rosa no meio do trigo da serra no sul e quase esqueço de meus dentes sujos para mostrá-los num sorriso mas esse visgo mas essa gosma essa náusea avança por meu peito até quase minha boca e olho para os jasmins abertos sob um céu de lua cheia e vejo um menino espantado numa janela aberta um

---

* Magliani.

menino nu e espantado da parede azul ele me sorri e estende os braços como se me esperasse você é tão bonito eu tenho vontade de dizer esse perfume me entontece e sinto que vomito e que sua língua preta suga a matéria espessa de meu vômito mas é muito tarde ouço o galope de um cavalo que pressinto branco varando o escuro em busca da madrugada e vibro inteiro como se tivesse sangue como se a semente brotasse você é tão bonito tenho vontade de dizer mas há um poço tapando a minha boca e então toco o rendilhado de um vôo em direção à casa oposta em direção ao arco branco no fim da rua e não digo nada eu não digo nada eu só quero olhar de olhos abertos para esse azul engastado na parede e pensar como você é bonito mas duas garras atingem meus olhos e enquanto grito de dor e de prazer as minhas órbitas perfuradas libertam estrelas marinhas e medusas e sereias e algas verdes que oscilam lentamente empurradas pelas ondas para a areia branca onde um dia meus pés deixaram lagos tão breves que não houve tempo da lua refletir-se neles.

GAMA

Curioso es que la gente crea que tender una cama es exactamente lo mismo que tender una cama, que dar la mano es siempre lo mismo que dar la mano, que abrir una lata de sardinas es abrir al infinito la misma lata de sardinas.

Julio Cortázar: *Las armas secretas*

HARRIETT

Para
Luzia Peltier, que soube dela

No fundo do peito, esse fruto
apodrecendo a cada dentada.

Macalé & Duda Machado: *Hotel das Estrelas*

Chamava-se Harriett, mas não era loura. As pessoas sempre esperavam dela coisas como longas tranças, olhos azuis e voz mansa. Espantavam-se com os ombros largos, a cabeleira meio áspera, o rosto marcado e duro, os olhos escurecidos. Harriett não brincava com os outros quando a gente era criança. Harriett ficava sozinha o tempo todo. Mesmo assim, as pessoas gostavam dela.

Quase todo mundo foi na estação quando eles foram embora para a capital. Ela estava debruçada na janela, com os cabelos ásperos em torno das maçãs salientes. Eu fiquei olhando para Harriett sem conseguir imaginá-la no meio dos edifícios e dos automóveis. Acho que senti pena – e acho que ela sentiu que eu sentia pena dela, porque de repente fez uma coisa completamente inesperada. Harriett desceu do trem e me deu um beijo no rosto. Um beijo duro e seco. Qualquer coisa como uma vergonha de gostar.

Essa foi a primeira vez que eu vi os pés dela. Estavam descalços e um pouco sujos. Os pés dela eram os pés que a gente esperava de uma Harriett. Pequenos e brancos, de unhas azuladas como de criança. Eu queria muito ficar olhando para seus pés porque achei que só tinha descoberto Harriett na hora dela ir embora. Mas o trem se foi. E ela não olhou pela janela.

Um tempo depois a gente viu uma fotografia dela numa revista, com um vestido de baile. Harriett era manequim na capital. Todo mundo falou e comprou a revista. Quase todos os dias a gente via a foto dela nos jornais. Harriett era famosa. A cidade adorava ela, mas ela nunca escreveu uma carta para ninguém.

Muito tempo depois, eu a vi outra vez. Eu estava trabalhando num jornal e tinha que fazer uma entrevista com ela. Harriett estava sozinha e não ficou feliz em me ver. Continuava grande e consumida e tinha nos olhos uma sombra cheia de dor. Fumava. Falei da cidade, das pessoas, das ruas – mas ela pareceu não lembrar. Contou-me de seus filmes, seus desfiles, suas viagens – contou tudo com uma voz lenta e rouca. Depois, sem que eu entendesse por que, mostrou-me uma coisa que ela tinha escrito. Uma coisa triste parecida com uma carta. Tinha um pedaço que nunca mais consegui esquecer, e que falava assim:

> *sabe que o meu gostar por você chegou a ser amor pois se eu me comovia vendo você pois se eu acordava no meio da noite só pra ver você dormindo meu deus como você me doía vezenquando eu vou ficar esperando você numa tarde cinzenta de inverno bem no meio duma praça então os meus braços não vão ser suficientes para abraçar você e a minha voz vai querer dizer tanta mas tanta coisa que eu vou ficar calada um tempo enorme só olhando você sem dizer nada só olhando olhando e pensando meu deus ah meu deus como você me dói vezenquando*

Quando terminei de ler, tinha vontade de chorar e fiquei uma porção de tempo olhando para os pés dela. E pensei que ela parecia ter escrito aquilo com seus pés de criança, não com as mãos ossudas. Eu disse para Harriett que era lindo, mas ela me olhou com aquela cara dura que a gente não esperava de uma Harriett e disse que não adiantava nada ser lindo. Tive vontade de fazer alguma coisa por ela. Mas eu só tinha uma vaga numa pensão ordinária e um número de telefone sempre estragado. Eu não podia fazer nada. E se pudesse, ela também não deixaria. Fui embora com a impressão de que ela queria dizer alguma coisa.

Três dias depois a gente soube que ela tinha tomado um monte de comprimidos para dormir, cortou os pulsos e enfiou a cabeça no forno do fogão a gás. Foi muita gente no enterro e ficaram inventando histórias sujas e tristes. Mas ninguém soube. Ninguém soube nunca dos pés de Harriett. Só eu. Um desses invernos eu vou encontrar com ela no meio duma praça cinzenta e vou ficar uma porção de tempo sem dizer nada só olhando e pensando: que pena – que pena, Harriett, você não ter sido loura. Vezenquando, pelo menos.

O DIA DE ONTEM

Para
Vera Lopes, que gostava dos meus contos

Ainda ontem à noite eu te disse que era preciso tecer. Ontem à noite disseste que não era difícil, disseste um pouco irônica que bastava começar, que no começo era só fingir e logo depois, não muito depois, o fingimento passava a ser verdade, então a gente ia até o fundo do fundo. Eu te disse que estava cansado de cerzir aquela matéria gasta no fundo de mim, exausto de recobri-la às vezes de veludo, outras de cetim, purpurina ou seda – mas sabendo sempre que no fundo permanecia aquela pobre estopa desgastada.

Perguntaste se o que me doía era a consciência. Eu te disse que o que me doía era não conseguir aceitar minha pobreza. E que eu não sabia até quando conseguiria disfarçar com outros panos aquele outro, puído e desbotado, e que eu precisava tecer todos os dias os meus dias inteiros e inventar meus encontros e minhas alegrias e forjar esperas e me cercar de bruxos anjos profetas e que naquele momento eu achava que não conseguiria mais continuar tecendo inventos. Perguntei se achavas que minha fantasia me doía, e se me doendo também te doía. E não disseste nada. Embora estivéssemos no escuro, consegui distinguir tua mão arroxeada pela luz de mercúrio da rua apontando em silêncio o telefone calado ao lado de minha cama. O telefone em silêncio no silêncio.

Então eu te disse que me doíam essas esperas, esses chamados que não vinham e quando vinham sempre e nunca traziam nem a palavra e às vezes nem a pessoa exatas. E que eu me recriminava por estar sempre esperando que nada fosse como eu esperava, ainda que soubesse. Disseste de repente que precisavas ter os pés na terra, porque se começasses a voar como eu todas as coisas estariam perdidas. A droga corria em meus adentros abrindo sete portas entorpecendo o corpo e fazendo cintilar a mancha escura no centro de minha testa. Mas eu te ouvia dizer que sabias ser necessário optar entre mim e ela, e que optarias por ela por comodidade, para não te mexeres daquele canto um pouco escuro e um pouco estreito, mas teu – e que optarias por ficar comigo porque a minha loucura te encantaria e te distrairia, embora precisasses te agitar e negar e ouvir e sobretudo compreender novamente tudo todos os dias. E disseste que optavas por mim. Eu já sabia. Por isso não te disse que comigo seria mais difícil do que com ela. Porque sabias também que em todos os derepentes eu estaria abrindo as asas sobre um desconhecido talvez intangível para ti. Não dissemos, mas concordamos no silêncio cheio de livros e jornais entre nossas duas camas, que querias a salvação e eu a perdição – ainda que nos salvássemos ou nos perdêssemos por qualquer coisa que certamente não valeria a pena. Nem era preciso dizer que não era preciso dizer: eu era o teu lado esquerdo e tu eras o meu lado direito: nos encontrávamos todas as noites no espaço exíguo de nosso quarto.

Eu viajava no meio de pinheiros brancos quando disseste que a única coisa que havias desejado o dia inteiro era chorar sem salvação, num canto qualquer, sem motivo, sem dor, até mesmo sem vontade, de mágoa, de saudade, de vontade de voltar. Não haviam permitido, inclusive eu. Mas percebes tanto: quando eu me dobrava em remorso pediste para que eu cantasse cantigas de ninar, que cantei com a voz rouca de cigarros e drogas. E enquanto adormecias, lembrei da tarde.

Era feriado na manhã, na tarde e na noite de ontem à noite. Eu lembrava da tarde e pedia para bichos-papões saírem de cima do telhado: nós comíamos lentamente bolachas com requeijão e leite – e lembro tão bem que ainda que não tivesse sido ontem, continuaria sendo ontem na memória – quando comecei a cantar um samba antigo, que nem lembrava mais porque acordava em mim uma coisa que eu não seria outra vez. Foi então que começaste a chorar e eu sentei a teu lado e não compreendendo te disse que não, te disse inúmeras vezes que não, que não era bom, que não era justo, que não era preciso – mas choravas e dizias que era tão bonito quando ele tocava violão cantando aquela música e que fazia tanto tempo e que o filho dele se chamava Caetano e tinha morrido de repente ai uma vida tão curtinha mas tão bonita sem que ninguém entendesse e que havias falado com ele pelo telefone e que o tempo todo aquele samba antigo dizendo que era melhor ser alegre que ser triste ficava te machucando no fundo de tudo o que dizias e pensavas em relação a ele e que querias chorar um três cinco sete dias sem parar sentindo vontade mansa de voltar.

Mais tarde, bem mais tarde, diríamos rindo que afinal não havíamos passado noites inteiras indo e vindo num trem da Central, sem ter onde dormir, dormindo nas areias do Leme, em todos os bancos de todas as praças, fazendo passeatas, sentindo fome, tentando suicídio, criando filosofias, desencontrando, procurando emprego, apartamento, amparo, amor – que não havíamos feito tudo isso para desistir agora, sem mais nem menos, no meio dum feriado qualquer, e que agora a gente só tinha mesmo que continuar porque a casca tinha endurecido – e ríriamos muito, mais tarde, cheios de vitalidade e vontade de abrir janelas – mas por enquanto choravas com a cabeça escondida no travesseiro, e eu não compreendia. Talvez estivesse entrando numa compreensão, talvez voltasse ao meu livro e te deixasse em paz com tua vontade de afundar se os outros não tivessem chegado. Instalaram-se no nosso mundo como astronautas pisando no insólito sem-cerimônia, fecharam seus cigarros devagar, então ela chegou e pediste que ficasse perto, e senti medo e ciúme e de repente achei que optarias por ela, que te divertia e te mostrava as manchas roxas de chupadas pelo corpo e eu ria também porque te queria rindo e porque também gostava dela apesar da dureza de seus maxilares de pedra: gostava dela porque às vezes era criança e principalmente porque agora te fazia afastar a cabeça do travesseiro para observar nossos movimentos concentrados de quem começa a decolagem.

Decolamos em breve, nós três no meu planeta, vocês duas no teu: quando percebi, começara a chover. Chovia lá fora e eu estava parado no meio do quarto. Estava parado no meio do quarto e olhava para fora. Olhava para fora e repetia: nunca esquecerei daquela tarde de chuva em Botafogo, quando pensei de repente que nunca esqueceria daquela tarde de chuva em Botafogo. Tive vontade de dizer da minha suspeita, porque me sabias assim desde sempre sabendo anteriormente do que ainda não se fizera. Assustavam-me essas certezas súbitas, tão súbitas que eu nada podia fazer senão aceitá-las, como todas as outras. Os próximos passos me eram dados sem que eu pedisse, e sem aqueles entreatos vazios, sala de espera, quando os outros propunham jogos da verdade e nós ríamos da sofreguidão deles em segurar com mãos limosas o que sequer se toca.

Te mostrei então o livro aberto, e a dedicatória para aquele remoto e provavelmente doce Paco – nos encontramos no espaço cósmico entre nossos dois planetas, e de repente disseste que precisavas sair para tomar um pico e eu disse que precisava sair contigo e comecei a pular em cima da cama e achei bom que fôssemos passear com chuva e eu não ficasse esperando o telefonema que não viria e a campainha que não tocaria e os astronautas que não voltariam a seu módulo sem nos esgotar inteiramente e a batalha que nos recusávamos a travar com eles e unimos nossas duas órbitas e deixamos os outros habitantes e visitantes espantados com a nossa retirada e nossa decisão e nossa contagem sete seis cinco quatro três dois um

– decolamos em direção à sala, alcançamos o patamar, a escada, a porta, a estratosfera. Viajamos pela rua sem direção e quando percebemos estávamos dentro do cemitério e eu cantava para uma sepultura vazia e misturávamos Hamlet com pornografia e João Cabral de Mello Neto e as pessoas nos olhavam ofendidas e gritávamos os deuses vivos Bethânia Caetano para a cova rendilhada de cimento e não compreendíamos além do irreversível daquele poço limitado por cimento ser o nosso único e certo limite limitado por cimento. Passeávamos devagar entre as sepulturas. Eu cantava incelenças e disseste que eu era inteligentinho porque te mostrara a dedicatória de Cortázar na hora em que precisavas de humildade porque fôramos como as ervas mas não nos arrancariam ainda que eu não fosse humilde até então eu não era humilde e recobria minha estopa matéria gasta perfurada com a vontade de te fazer explodir colorida e simultânea. A chuva fria varava nossas roupas, mas não chegava até a pele: nossa pele quente recobria nossos corpos vivos e passeávamos entre túmulos e eu dizia que no meu túmulo queria um anjo desmunhecado e não dizias nada e eu cantava e de repente olhaste uma flor sobre uma sepultura e disseste que gostavas tanto de amarelo e eu disse que amarelo era tão vida e sorriste compreendendo e eu sorri conseguindo e vimos uma margarida e nem sequer era primavera e disseste que margarida era amarelo e branco e eu disse que branco era paz e disseste que amarelo era desespero e dissemos quase juntos que margarida era então desespero cercado de paz por todos os lados.

Era o dia de ontem e era também feriado: sentamos sobre um túmulo e inventamos historinhas e nos deitamos de costas sobre o mármore do túmulo branco e lemos os nomes das três pessoas enterradas e eu pensei que estávamos recebendo os fluidos talvez últimos das três pessoas enterradas e fiquei aterrorizado porque não soube precisar se eram positivos ou negativos e chovia chovia chovia e a alameda de ciprestes ensombrecia as aléias vazias e subi no túmulo e imitei Carmen Miranda e disseste que ela estava enterrada naquele cemitério e pensamos: se um raio rompesse agora o cimento do túmulo e ela saísse linda e tropical com o turbante cheio de bananas pêras uvas maçãs abacaxis laranjas limões & goiabas dizendo que não voltara americanizada com trejeitos brejeiros e transluciferinos e de repente entrou um enterro de pessoas cabisbaixas e dissemos que a visão ocidental da morte era demais trágica mesmo para ex-suicidas como nós e que já era já era já era e eu repeti aos gritos que queria um anjo bem bicha desmunhecando em cima do meu túmulo sobre o cadáver do que eu fui ontem.

Mas de repente o medo que os portões fechassem porque anoitecia. O cemitério no meio do vale: o Cristo, montanhas, favelas, edifícios, ruas, automóveis, pontes, mortes. Foi na saída que houve um entreato: paramos sobre uma poça d'água e eu te convidei para ver o nosso amigo árabe que a gente amava tanto porque ria em posições estranhas e tinha um irmão que viera do Piauí e não conhecia sorvete e disseste que precisavas ver teus tios que tinham vindo do sul para te ver e que querias ver o Juízo Final. E que ou víamos nosso amigo árabe e bruxo ou íamos aos teus tios e ao Juízo. Eu não soube escolher. Pedi que não me fizesses tomar decisões ontem hoje ou amanhã quaisquer que fossem – porque também sabíamos ambos que queríamos alguma coisa acontecendo nítida depois do cemitério. Foi então que aquele carro parou e perguntou sobre uma rua de Copacabana e informamos e lembramos que teus tios estavam em Copacabana e fomos de carona até Copacabana que, desta vez, não nos enganaria. Dentro do carro repeti o que acabavam de me dizer: espera que o inesperado dê o sinal.

Vermelho-verde-verde-vermelho.

Entrei com medo da recusa que sempre sentia nos olhos e nos gestos de todos que possuíam coisas e perguntaste se não seria melhor eu desamarrar o cabelo mas eu disse que não porque ia ficar enorme e eu não queria assustar nem agredir naquela hora exata eu não queria afastar nem amedrontar. A empregada abriu a porta para nós. E de repente aquela mulher começou a olhar para nós e a falar de seus transportes e viagens astrais. Alfa Centauro. Luz. Era espantoso uma mulher de vestido estampado fumando com piteira sobre tapetes quase tapeçarias e ar-condicionado dizer que era filha de Oxum e que via no espelho rostos que não eram o seu e que uma vez voara suspensa sobre o próprio corpo gelado sem poder voltar. Era espantoso que tu a conhecesses há anos e nunca tivesses suspeitado daquela face oculta e louca e mágica atrás da máscara marcada mascarada mascar a máscara de nácar da aquariana.

Ontem, nós estávamos muito loucos. Voltamos de ônibus para comer atum e vermos o Juízo, e fizemos tudo rapidamente, e rapidamente encontramos um argentino que veio em nossa direção e viu o livro aberto de Cortázar e disse que era Peixes e eu disse Virgem e disseste Leão e dividimos com ele nosso atum e nossas bolachas roubadas de supermercados e convidamos ele para sair com a gente e gostamos dele e ele gostou de nós dum jeito tão direto e não me importou que meu amigo não tivesse telefonado e nenhuma carta tivesse chegado ainda que eu estivesse distraído. Quisemos que nosso novo amigo que escrevia e estudava arquiteturas há muito corrompidas bem antes e há tanto tempo fosse até o fim do dia de ontem conosco. Mas nos perdemos na porta do julgamento.

Depois eu chamei Baby de menina suja e gritei para ela: come chocolates, come chocolates, menina suja, e ela ria e explodia mais e nós ouvíamos sacudindo os cabelos repetindo juntos que éramos todos amor da cabeça ao pés. Depois nos esperavam a avenida deserta no Leblon e a Mona Lisa tomando suco de laranja. Já não era feriado, já não era ontem e nós apodrecíamos em tempoespaçoagora. Descemos do ônibus pisando em poças de lama, subimos devagar as escadas e foste conversar com nossa amiga loura e dura, às vezes criança, e lembrei que precisava achar um lugar para morar dentro de nove dias, agora oito, e que não tínhamos dinheiro nenhum, e que eu tinha medo, e que eu estava cansado de ser pago para guardar minha loucura no bolso oito horas por dia, e deitei, e olhei pela janela aberta, e fumei na piteira de marfim quebrado para economizar o cigarro, não por requinte, entende, éramos tão pobres, e quis não pensar, e abri Cortázar e li, e não li, e quis morrer, e lembrei que não conseguiria, e senti a insônia chegando, e soube que não resistiria, e lembrei que havias pedido que eu lesse Cortázar para ti, pausadamente, e soube que não conseguiria, e lembrei do amanhã sem feriado e da minha janela aberta sobre o aterro onde longe, no mar, vejo navios que vêm e vão à Europa, ao Oriente, a Madagáscar, e enquanto conversavas com nossa amiga loura e dura e raras vezes criança, eu ficava sozinho no nosso quarto, e quis te dizer de como era bom que a gente tivesse se encontrado, assim, sem pedir, sem esperar, e soube que não saberia, e precisei tomar os comprimidos amarelos para não afundar e sentir o telefone calado gritando em silêncio na cabeceira, e soube que nem o nosso nem outro qualquer encontro solucionava ou consolava exconsolatrix, e de repente percebi que os papéis tinham rasgado, o veludo esgarçado, as sedas desbotadas, e o que ficava era aquela estopa puída velha gasta: a pobreza indisfarçável de ser o que eu não tinha. Um tempo depois, seria mau contigo.

Então voltaste. E eu te disse que além do que não tínhamos, não nos restava nada. Disseste depois que o dia inteiro só querias chorar, e que eu aceitasse. Eu disse que achava bonito e difícil ser um tecelão de inventos cotidianos. E acho que não nos dissemos mais nada, e dissemos outra vez tudo aquilo que já havíamos dito e diríamos outras e outras vezes, e de repente percebemos com dureza e alívio que já não era mais o dia de ontem – mas que conseguíramos sentir que quem não nascer de novo já era no Reino dos Céus. Não sei se não ouviste, mas ele não veio e a noite inteira o telefone permaneceu em silêncio. Foi só hoje de manhã que ele tocou e ouvi tua voz perguntando lenta se eu ia continuar tecendo. Olhei para tua cama vazia, e para os livros sobre o caixote branco, e para as roupas no chão, e para a chuva que continuava caindo além das janelas, e para a pulseira de cobre que meu amigo me deu, e para a ausência do amigo queimando o pulso direito, mas perguntaste novamente se eu estava disposto a continuar tecendo – e então eu disse que sim, que estava disposto, que eu teceria. Que eu teço.

UNS SÁBADOS, UNS AGOSTOS

Eles vinham aos sábados, sem telefonar. Não lembro desde quando criou-se o hábito de virem aos sábados, sem telefonar – e de vez em quando isso me irritava, pensando que se quisesse sair para, por exemplo, passear pelo parque ou tomar uma dessas lanchas de turismo que fazem excursões pelas ilhas, não poderia porque eles bateriam com as caras na porta fechada e ficariam ofendidos (eles eram sensíveis) e talvez não voltassem nunca mais. E como, aos sábados, eu jamais faria coisas como ir ao parque ou andar nessas tais lanchas que fazem excursões pelas ilhas, era obrigado a esperá-los, trancado em casa. Certamente os odiava um pouco enquanto não chegavam: um ódio de ter meus sábados totalmente dependentes deles, que não eram eu, e que não viveriam a minha vida por mim – embora eu nunca tivesse conseguido aprender como se vive aos sábados, se é que existe uma maneira específica de atravessá-los.

Disse-lhes isso, certa vez. Creio que se sentiram lisonjeados, como se debaixo daquilo que eu dizia friamente, como quem comunica, por exemplo, ter tomado um banho, nas entrelinhas eu dissesse, pudico e reservado, que simplesmente não saberia o que fazer de meus sábados, se não viessem sempre. Tremi quando cheguei a perceber o equívoco, pois era como uma declaração de amor velada e, de certa forma, criava entre nós um compromisso extremamente sério. Quase como se, mentalmente, assinássemos um contrato estabelecendo que: a) a partir daquele momento, eu me comprometia a jamais sair aos sábados; b) a partir daquele momento, eles se comprometiam a jamais deixar de me visitar aos sábados. Desde então, tudo ficou mais definido. Ou, melhor dizendo, mais *oficializado.* E afinal, chovesse ou fizesse sol, sagradamente lá estavam eles, aos sábados. Naturalmente *chovesse-ou-fizesse-sol* é apenas isso que se convencionou chamar força de expressão, já que há muito tempo não fazia sol, talvez por ser agosto – mas de certa forma é sempre agosto nesta cidade, principalmente aos sábados.

Não é que fossem chatos. Na verdade, eu nunca soube que critérios de julgamento se pode usar para julgar alguém definitivamente chato, irremediavelmente burro ou irrecuperavelmente desinteressante. Sempre tive uma dificuldade absurda para arrumar prateleiras. Acontece que não tínhamos nada em comum, não que isso tenha importância, mas nossas famílias não se conheciam, então não podíamos falar sobre os meus pais ou os avós deles, sobre os meus tios ou os seus sobrinhos ou qualquer outra dessas combinações genealógicas. Também não sabia que tipo de trabalho faziam, se é que faziam alguma coisa, nem sequer se liam, se estudavam, iam ao cinema, assistiam à televisão ou com que se ocupavam, enfim, além de me visitar aos sábados.

Então era natural que nossos encontros fossem um tanto estéreis, já que nunca ninguém tinha nada a dizer. Procurávamos compensar os enormes silêncios que invariavelmente se instalavam feito furos nos nossos esfarrapados diálogos, sobretudo eu, pois sempre achei que quem recebe deve se esmerar para evitar silêncios ou ruídos excessivos, embora não seja exatamente o que se possa chamar de *um anfitrião* mas, em todo caso, me esforçava. Assim, corria a fazer chá ou distribuir cinzeiros, abrir ou fechar janelas, colocar algum disco na vitrola e regular o volume de acordo com o gosto deles, tarefa essa em que gastava, no mínimo, uns trinta minutos. E ainda assim criavam-se furos em que os chás haviam acabado, e ninguém queria mais, as janelas estavam fechadas, e ninguém queria abri-las, os cinzeiros estavam vazios, mas ninguém queria fumar, o toca-discos em silêncio, mas ninguém queria ouvir música. Tudo assim como que perfeito, e não existe nada mais esterilizante do que a perfeição de não se querer nada além do que está à nossa volta. O furo se tornava tão espesso que, quando alguém falava, a voz soava áspera e brusca, como se tirasse uma lasca do silêncio. E atribuo a seu senso estético (ao meu também) o fato de, então, preferirmos ficar mesmo calados, por mais embaraçoso ou insuportável que fosse. Evidente que, quando eles saíam, os meus nervos estavam simplesmente aos pedaços, e acredito que também os deles não andassem em muito bom estado, embora sorrissem sempre e procurassem manter-se simpaticamente compreensivos para com a minha absoluta falta de habilidade em lidar com as pessoas.

Sei que fica um-pouco-não-sei-como falar sobre tudo isso sem detalhar nada, falar deles assim, em termos tão gerais – mas eu ficava tão submerso na tarefa de me sentir sendo visitado que sobrava pouco tempo para fazer qualquer coisa além de abrir ou fechar janelas etc. etc. Mesmo assim, havia brechas inesperadas na minha capacidade de observação, e lembro que num dos últimos sábados fiquei profundamente espantado ao perceber que um deles usava sapatos de pano. Tentando situar na memória o exato momento em que se deu essa percepção: creio que consigo situá-lo num daqueles instantes de perfeição, quando inconscientemente eu procurava algo destoante, pois só poderia falar sobre algo assim. Mas seria tão indelicado referir-me a seus sapatos de pano como uma imperfeição dentro de um daqueles sábados, sobretudo depois daquele nosso contrato, que achei bem mais educado calar-me, e nem sequer tentar subir os olhos procurando encaixar aqueles sapatos num par de meias, calças ou talvez saias e, quem sabe, uma cabeça.

Para eliminar, portanto, essa desagradável impressão de generalidade, posso dizer a meu favor isto: que um deles usava – ou usou, certa vez, e disso estou absolutamente certo – um par de sapatos de pano, e mais exatamente, pano marrom, e é bem possível ainda que houvesse junto ao salto e ao bico algumas partículas de lama endurecida, já que chovia tanto naqueles agostos, e já que lembro também de, mais tarde, quase madrugada, ter apanhado uma vassoura para varrer do tapete alguns fios de linha, cinzas, pontas de cigarro e – justamente – umas placas de lama endurecida, que não poderiam ter vindo de outro lugar senão de sapatos, embora não necessariamente de pano, e menos necessariamente ainda de pano marrom.

Uma dessas outras lembranças indiscutíveis foram umas flores amarelas que me trouxeram certa vez, embora não possa dizer se foram exatamente para mim. Quero dizer: compradas ou colhidas com a intenção específica de dá-las justamente a mim, pois reconheço friamente que minha aparência não convida muito a dar flores, e creio que eles eram desses que dão às pessoas coisas que a aparência dessas pessoas dê margem a suposições do gênero: gostará mais de cravos ou de rosas? em se tratando de rosas, amarelas, brancas ou vermelhas? se forem vermelhas, com ou sem espinhos? Mas tudo isso é inútil, porque as flores que me trouxeram – ou, mais verdadeiramente, como estou tentando dizer, as flores com que entraram no meu quarto e que deixaram sobre a mesa ao sair –, essas flores não eram rosas. Também não consegui saber o que eram, apesar de amarelas e um tanto moles, quase gordas, com as pétalas manchadas por uma matéria escura que parecia, a princípio, cinza – mas que soprada permanecia perfeitamente imóvel, como se fizesse parte mesmo das pétalas, um pigmento ou qualquer dessas coisas científicas que os vegetais costumam ter.

Como durante vários dias me esqueci dessas flores, elas perderam lentamente as pétalas, que precisei juntar uma a uma para jogar no corredor, depois varrê-las e colocá-las no lixo. Mas sobre isso, creio que poderá informar melhor algum vizinho ou mesmo o lixeiro: nesses agostos não é comum ver flores amarelas, mesmo murchas, esquecidas pelas latas de lixo. E isso, quero dizer, o lixeiro ou algum vizinho, será no mínimo mais uma testemunha das visitas deles. Se é que a estas alturas alguém ainda tem dúvidas a respeito de sua existência. Eu nunca duvidei, parece que isso está bastante óbvio – contudo reconheço não ser a minha linguagem exatamente aquilo que se possa chamar de clara ou/e objetiva.

Não me peça para descrevê-los ou dizer pelo menos quantos eram, eu não saberia. Não saberia dizer também a partir de quando deixaram de vir. Certamente que, na primeira vez em que violaram nosso contrato, devo ter ficado ansioso, pois nada fazia aos sábados a não ser recebê-los, e certamente devo ter corrido várias vezes do relógio para a janela, como é de praxe nessas situações. Embora não os amasse, em absoluto, disso tenho a maior e talvez única certeza. Às vezes chego a pensar que nem sequer os suportava. Apenas, os sábados eram tão longos e aquele agosto não terminava nunca mais, havia sempre o frio e a chuva, e se eles não viessem provavelmente eu ficaria enrolado neste cobertor ainda mais tempo do que fico agora, ouvindo os velhos discos e de vez em quando espiando sobre o telhado que há embaixo da minha janela. Com as chuvas freqüentes, começaram a nascer algumas plantinhas sobre esse telhado, mas as crianças não brincam mais no quintal do edifício vizinho.

Creio que se eles voltassem outra vez, eu lhes falaria dessas coisas, como quem prepara um chá ou vira um disco. Mas não virão mais, e não sei se isso me alivia. Me pergunto às vezes se eu mesmo não os teria expulsado com palavras duras num sábado qualquer, especialmente monótono. Não que os odiasse, isto é, odiava-os sim, mas só às vezes: o que me desagradava neles era principalmente serem um atestado tão veemente da minha profunda falta de assunto, do meu absoluto não ter aonde ir aos sábados e em todos os outros dias. Mas era bom sentir a tarde dobrando o meio-dia e depois ouvir o portão batendo e o barulho de seus passos no cimento da entrada e logo após o som da campainha: então eu me interrompia no que não estava fazendo e me preparava para a visita, como quem espera que algo aconteça. Embora nada chegasse a acontecer realmente: eles pertenciam a essa raça simpática e um pouco amorfa que, por delicadeza, nunca provoca acontecimentos que poderiam degenerar em situações embaraçosas, na opinião deles, pois na minha nada podia haver de mais embaraçoso do que permanecer dentro de um daqueles furos. E, então, mesmo abrir a janela era uma lasca.

Mas desde que não vieram mais, meus sábados inteiros são feitos de duras lascas que vou arrancando com movimentos desajeitados pelas salas e escadas desta casa vazia, à espera de que um daqueles ruídos antigos e inúteis como o portão batendo ou os passos deles no cimento ou a campainha tocando me puxe do centro deste agosto que não acaba. Ainda que fosse para tirar mais lascas ou permanecer em silêncio. Fico pensando se, com o tempo, não acabaríamos por nos desinibir, e talvez então até me convidassem para passear no parque ou numa dessas lanchas de turismo que fazem excursões pelas ilhas. Nem era preciso tanto: bastava que eu me tornasse capaz de perceber detalhes mesmo insignificantes, como um anel no dedo de um deles, ou mesmo um botão, um sorriso ou ainda apenas uma face. Qualquer coisa como aqueles sapatos de pano marrom. Mas nem sequer tenho telefone para que possam me avisar de uma improvável volta.

NOÇÕES DE IRENE

Levou algum tempo para abrir a porta, a campainha soando sem resposta até que ele terminasse de ajeitar cuidadosamente as duas poltronas, uma em frente à outra. Depois entreabriu a pequena janelinha e simulou uma espécie de espanto:

– Ah, é você – e abriu a porta para que o outro entrasse. – Você foi pontual – acrescentou, apontando para uma das poltronas. – Sente-se, por favor. Estava com medo que você não viesse.

– Medo?

– É, não exatamente medo. Você compreende, praticamente não me conhecia. Deve ter ficado surpreso com o convite.

O outro sacudiu ligeiramente a cabeça. Parecia mesmo espantado, as mãos um pouco tensas sobre os joelhos dos jeans desbotados. Ele encaminhou-se para a mesinha e mostrou a garrafa de uísque.

– Muito ou pouco gelo?

– Puro, por favor.

Espantou-se também, um pouco. Mas imediatamente conteve-se: era preciso que tudo fosse feito com muito cuidado, e que todas as palavras ou movimentos se encaminhassem para um único fim. Enquanto enchia o copo, examinou-o disfarçadamente. *Tão jovem*, pensou com uma sombra que chamaria amargura, não estivesse tão empenhado em delicadezas. Voltou com os dois copos e, sentando, não soube por onde começar. Hesitava entre falar diretamente ou esperar que um clima de cordialidade

– *certa* cordialidade, pelo menos, concedeu – se estabelecesse enquanto os copos eram esvaziados. Então percebeu que o outro olhava para os discos.

– Gosta de música?

– Muito.

Claro, claro – pensou. – *Todos eles gostam de música.* Fez um movimento como se fosse levantar.

– Quer ouvir alguma coisa? – Sorriu. – *Curtir um som...* não é assim que vocês dizem?

O outro também sorriu:

– Sim.

– Bem, acho que não tenho exatamente aquilo que vocês gostam de ouvir. Irene sempre se queixa disso – estremeceu. Mas não havia nenhuma premeditação. O nome dela saíra naturalmente, assim como se não tivesse importância. Caminhou até a vitrola e perguntou: – Rock?

– Bach.

Escolheu rapidamente e voltou a sentar. Surpreso. Porque, afinal, não era como esperava. Talvez tivesse sido demasiado apressado em julgar, catalogar gostos, rotular expressões, como se nenhum *deles* fosse capaz de alguma individualidade. Afundou na poltrona. Os olhos muito claros do outro. Ou, quem sabe, estava apenas representando, justamente para confundi-lo.

– Não queria que fosse como um jogo.

– Como?

– O quê?

– Desculpe, não entendi direito o que você disse.

Cruzou as pernas, contrafeito:

– Falei sem pensar, desculpe. Ou melhor, pensei em voz alta. Disse que não queria que fosse como um jogo. – Ouviu a própria voz, um pouco rouca. Estava se comportando como um idiota. Mas subitamente resolveu dizer: – Bem, suponho que sabe por que pedi que viesse aqui.

– Sei. Suponho que sei.

Já havia começado. Não poderia mais voltar atrás: ele olhou para cima da mesa e viu o porta-retratos voltado para baixo. Estendeu o prato com biscoitos. O outro serviu-se devagar.

– Estes biscoitos têm gosto de flor, não é?

O outro tornou a sorrir, os dentes aparecendo súbitos entre os fios de barba manchados de sol e fumo, os cabelos enormes. Ele levou o copo até a boca e ficou sentindo as pedras de gelo baterem contra os lábios. Arrancou um fio invisível da perna da calça.

– Quero dizer, se você sabe, ou se acha que sabe por que o convidei, bem, creio que não há necessidade de ficarmos... Bem, de ficarmos falando sobre outras coisas. Afinal, somos homens civilizados, não é?

O outro concordou sem falar, contraindo imperceptivelmente as sobrancelhas. Ele julgou perceber ironia no movimento, e por um instante odiou: todo concentrado em odiar profundamente. Falou rápido:

– Sou só um pouco mais velho que vocês. Uns dez anos. – Lembrou da outra vez que o vira, dizendo convicto: *todo homem com mais de trinta anos é um canalha.* Voltou a odiar um ódio compacto e breve: – Talvez daqui a vinte anos isso seja uma diferença insignificante. Mas por enquanto é terrível, quase um abismo. – Levantou-se brusco, não suportando o olhar muito claro do outro e suas mãos magras sobre os jeans desbotados. Afastou as cortinas e ficou olhando para fora: – O que quero dizer é que...

Deteve-se. No lado oposto da rua a pequena loja de flores fechava suas portas. Era quase noite. Sem sentir, fez uma longa pausa, praticamente esquecido do outro. Depois completou:

– Não me surpreende que ela vá embora.

Olhou-o. E de repente a música começou a ter importância: as notas subiam e baixavam, davam voltas concêntricas sobre um ponto desconhecido, subitamente se espatifavam para voltarem a recompor-se, cheias de pequenos movimentos internos, mas sem perderem a continuidade, escorrendo, fluidas. O outro, na esquina, os dedos formando um V, os dentes entre os fios manchados de barba, os cabelos crespos, enormes: – *Grande lance, bicho.* – Sentou-se com um suspiro:

– Quero dizer que não pretendo colocar a mínima dificuldade. Entendo perfeitamente tudo. E depois, mesmo que não entendesse, não adiantaria nada. Ela sempre fez o que quis. Mas não com... com agressividade, entende? Quero dizer, ela está sempre tão dentro dela mesma que qualquer coisa que faça não é nem certa nem errada, é simplesmente o que ela podia fazer. – Parou por um momento, talvez estivesse sendo subjetivo demais, quase literário. Não queria parecer ridículo, nem demasiado velho. *Mesmo porque não sou velho. Nem ridículo.* Tornou a levantar-se.

– Quer mais uísque?

O outro disse que não.

Encheu um copo e trouxe a garrafa para perto da poltrona. De repente perguntou, quase alegre:

– Sabia que Irene é um nome de origem grega?

O outro perguntou: – O quê?

– Quer dizer *Mensageira da Paz* – continuou, sem dar atenção. – Gozado, não é? Uma vez eu disse isso a ela, ela riu, disse que era besteira. Mas outro dia eu fiquei pensando e achei que tudo foi realmente muito calmo. Mesmo agora, não está sendo difícil. – Ergueu o copo. – Sabe, nunca houve assim... grandes cenas, choros ou desesperos, tentativas de suicídio ou sequer ameaças. Nenhuma dessas coisas. Ela tem horror de tragédia. – Sentou-se, o copo na mão. E repetiu: – Ela tem horror de tragédia. Às vezes, na hora do jantar, a televisão ficava ligada e a gente via umas novelas. Sabe, eu chorava potes com aquelas coisas, separações lancinantes, amores impossíveis. Ela ria o tempo todo e dizia que eu era uma besta. Ou então aqueles concursos de empregada mais desvelada, eu precisava sair da sala para que ela não me chamasse de besta. – A voz dele ficou um pouco mais baixa, quase inaudível. – Mas uma vez eu voltei de repente e surpreendi ela com uma lágrima escorrendo pela face. Desculpou-se e disse que às vezes era mesmo meio cafona. E mais baixo ainda: – Faz tanto tempo.

Estremeceu. Como se, de repente, percebesse que enveredava por um caminho perigoso. Sacudiu os ombros e reaprumou-se na poltrona. Riu alto e meio desafinado, enquanto tornava a encher o copo:

– A gente está falando dela como se estivesse morta. Mas está tão viva, não é?

Levantou-se para virar o disco. Depois voltou-se e perguntou:

– Você leu *Cleo e Daniel*?

Não prestou atenção na resposta. Apoiou a mão no encosto da cadeira:

– A primeira vez que vi vocês juntos, foi o que lembrei. Cleo e Daniel. Tudo era parecido, até aquela quantidade incrível de bolinhas brancas que você tirava do vidro enquanto ela formava figuras sobre a toalha. Ficava assim tão... tão *doce*, depois. Ou então falava horas. Às vezes sentava no chão e ficava enrolando aqueles cigarros fininhos, que eu achava com um fedor horrível. Dizia que eu estava por fora, me chamava de careta e ficava horas fazendo uns desenhos malucos.

Interrompeu-se para olhá-lo fixamente:

– Você é pintor, não é? Lembro que ela falou que uma vez você tinha feito uma exposição na praça, e que a polícia chegou e rasgou todos os quadros, menos os dois que ela tinha comprado. – E sem mudar de tom: – Talvez eu seja mesmo um chato. – Dobrou-se sobre a poltrona: – Você acha que eu sou um chato?

Olhou longamente para o outro, para as pernas cruzadas sobre a poltrona, como um iogue. Mas não ouviu a resposta.

– Lembra daquela cena, quando ela está deitada e passa alguém na rua cantando? Lembra aquela cena?

– De *Cleo e Daniel*?

– Não, não. Um livro não tem cenas, tem trechos. – Olhou para o próprio dedo, parado no ar. – Às vezes eu fico meio didático, não dê importância. – Acrescentou:

– Quem tem cenas é um filme.

– Qual era o filme?

– Filme?

– É, quando ela estava deitada e passava alguém na rua, cantando.

– Ah, você lembra, então? – Sorriu largo. – Sempre soube que você tinha visto aquele filme. Lembra da música?

– O quê?

– A música. A música que alguém passava cantando. Era assim: *Io che non vivo piú di un'ora senza te...* Não lembro o resto.

Faz tanto tempo. Acho que foi o primeiro filme que vimos juntos. Ela chorou o tempo inteiro.

Deslizou para a poltrona, tornou a encher o copo e virou-o de uma só vez:

– Talvez eu esteja falando demais: logo, isto não é um diálogo, é um monólogo. – Repetiu: – Às vezes eu fico meio didático. Mas fale alguma coisa, você não disse quase nada. Pode crer que nada me choca. Não que eu espere ouvir somente coisas chocantes de você, não é isso. Mas acho que vocês pensam que me chocam o tempo todo. Vocês não acham mesmo que sou muito velho e muito careta? Afinal, já tenho alguns anos de canalhice.

O outro disse que absolutamente. Então ele disse que achava que aquela música já estava enchendo, mas o outro não disse nada, então ele permaneceu durante muito tempo na mesma posição, acompanhando com a cabeça o som do cravo. Só parou para encher mais uma vez o copo. Subitamente falou em voz muito baixa:

– Sabe, não é verdade que eu entenda tudo.

– Não?

– Não, não é verdade. Não entendo, por exemplo, como é que ela pode trocar a segurança de ficar comigo pela insegurança de ficar com você. Vocês são todos tão... tão... – Interrompeu-se, procurando a palavra. – *Tran-si-tó-ri-os*, é isso. Vocês são muito transitórios, entende? Tão instáveis, hoje aqui, amanhã ali. Eu sei, também já fui assim. Só que chega um ponto que a gente cansa, que não quer mais saber de aventuras ou de procuras, entende? Acho que é isso que vocês não são capazes de compreender, que a gente, um dia, possa não querer mais do que tem. É isso que ela não compreendia. Acho que é por isso que ela foi embora. Talvez as coisas comigo fossem muito chatas, muito arrumadas. Acordar todos os dias à mesma hora para encontrar a mesma cara. É engraçado. Ela dizia sempre que morreria qualquer dia, *de susto, de bala ou vício*. Acho que citava algum verso de um desses cantores que vocês tanto gostam, desses que morrem por excesso de drogas.

Levantou-se, o passo precário. Deu algumas voltas sem direção, depois tornou a encarar o outro:

– Sabe, acho que ela vai se destruir com você.

Virou mais uma vez o disco. Sabia que estava saindo tudo errado. Não era aquilo o que planejara, detalhado, meticuloso, arrumando as duas poltronas, uma em frente à outra, a mesinha com uísque, o balde de gelo. Talvez até chorasse agora, admitiu. A sala inteira girava quando ele se encaminhou para a janela. Espiou pelas dobras da cortina. Havia anoitecido. A loja de flores estava fechada, as latas de lixo transbordavam cravos, palmas, crisântemos. Deixou-se cair sobre os joelhos e não fez o menor esforço para levantar-se, as costas apoiadas contra a superfície fria da parede. O outro levantou-se e perguntou se não achava que estava bebendo demais. Ele disse que não, que não achava. E perguntou mais uma vez se não era mesmo um chato. O outro fez que não com a cabeça. Que de maneira alguma. Então ele disse que precisavam ainda conversar muitas coisas, com muita calma, com muito tato, como homens civilizados.

– Não é verdade que somos homens civilizados?

O outro disse que sim, disse muitas vezes que sim – e subitamente apertou o ombro dele com aquelas mãos magras e nervosas, como se compreendesse. Vistos de perto, os olhos eram ainda maiores e mais claros, um brilho seco nas pupilas dilatadas. A barba crescida, manchada de sol e fumo. Depois saiu devagar, fechou a porta atrás de si. Então ele encostou a cabeça na parede e ficou ouvindo aquelas notas subindo e baixando, dando voltas concêntricas sobre um pequeno ponto desconhecido, mas sem perderem a continuidade. De certa forma, disse baixinho, de certa forma Irene era assim.

A MARGARIDA ENLATADA

I

Foi de repente. Nesse de repente, ele ia indo pelo meio do aterro quando viu um canteiro de margaridas. Margarida era um negócio comum: ele via sempre margaridas quando ia para sua indústria, todas as manhãs. Margaridas não o comoviam, porque não o comoviam levezas. Mas exatamente de repente, ele mandou o chofer estacionar e ficou um pouco irritado com a confusão de carros às suas costas. O motorista precisou parar um pouco adiante, e ele teve que caminhar um bom pedaço de asfalto para chegar perto do canteiro. Estavam ali, independentes dele ou de qualquer outra pessoa que gostasse ou não delas: aquelas coisas vagamente redondas, de pétalas compridas e brancas agrupadas em torno dum centro amarelo, granuloso. Margaridas. Apanhou uma e colocou-a no bolso do paletó.

Diga-se em seu favor que, até esse momento, não premeditara absolutamente nada. Levou a margarida no bolso, esqueceu dela, subiu pelo elevador, cumprimentou as secretárias, trancou-se em sua sala. Como todos os dias, tentou fazer todas as coisas que todos os dias fazia. Não conseguiu. Tomou café, acendeu dois cigarros, esqueceu um no cinzeiro do lado direito, outro no cinzeiro do lado esquerdo, acendeu um terceiro, despediu três funcionários e passou uma descompostura na secretária. Foi só ao meio-dia que lembrou da margarida, no bolso do paletó. Estava meio informe e desfolhada, mas era ainda uma margarida. Sem saber exatamente por que, ficou pensando em algumas notícias que havia lido dias antes: o índice de suicídios nos países superdesenvolvidos, o asfalto invadindo as áreas verdes, a solidão, a dor, a poluição, a loucura e aquelas coisas sujas, perigosas e coloridas a que chamavam *jovens*. De repente, a luz. Brotou. Deu um grito:

– É isso!

Chamou imediatamente um dos redatores para bolar um *slogan* e esqueceu de almoçar e telefonou para suas plantações e mandou que preparassem a terra para novo plantio e ordenou a um de seus braços-direitos que comprasse todos os pacotes de sementes encontráveis no mercado depois achou melhor importá-las dos mais variados tamanhos cores e feitios depois voltou atrás e achou melhor especializar-se justamente na mais banal de todas aquela vagamente redonda de pétalas brancas e miolo granuloso e conseguiu organizar em poucos minutos toda uma equipe altamente especializada e contratou novos funcionários e demitiu outros e precisou tomar uma bolinha para suportar o tempo todo o tempo todo tinha consciência da importância do jogo exaustou afundou noite adentro sem atender aos telefonemas da mulher ao lado da equipe batalhando não podia perder tempo quase à meia-noite tudo estava resolvido e a campanha seria lançada no dia seguinte não podia perder tempo comprou duas ou três gráficas para imprimir os cartazes e mandou as fábricas de latas acelerar sua produção precisava de milhões de unidades dentro de quinze dias prazo máximo porque não podia perder tempo e tudo pronto voltou pelo meio do aterro as margaridas fantasmagóricas reluzindo em branco entre o verde do aterro a cabeça quase estourando de prazer e a sensação nítida clara definida de não ter perdido tempo. Dormiu.

II

No dia seguinte, acordou mais cedo do que de costume e mandou o chofer rodar pela cidade. Os cartazes. As ruas cheias de cartazes, as pessoas meio espantadas, desceu, misturou-se com o povo, ouviu os comentários, olhou, olhou. Os cartazes. O fundo negro com uma margarida branca, redonda e amarela, destacada, nítida. Na parte inferior, o slogan:

Ponha uma margarida na sua fossa.

Sorriu. Ninguém entendia direito. Dúvidas. Suposições: um filme *underground*, uma campanha antitóxicos, um livro de denúncia. Ninguém entendia direito. Mas ele e sua equipe sabiam. Os jornais e revistas das duas semanas seguintes traziam textos, fotos, chamadas:

O índice de poluição dos rios é alarmante.
Não entre nessa.
Ponha uma margarida na sua fossa.

Ou

O asfalto ameaça o homem e as flores.
Cuidado.
Use uma margarida na sua fossa.

Ou

A alegria não é difícil.
Fique atento no seu canto.
Basta uma margarida na sua fossa.

Jingles. Programas de televisão. Horário nobre. Ibope. Procura desvairada de margaridas pelas praças e jardins. Não eram encontradas. Tinham desaparecido misteriosamente dos parques, lojas de flores, jardins particulares. Todos queriam margaridas. E não havia margaridas. As fossas aumentaram consideravelmente. O índice de alcoolismo subiu. A procura de drogas também. As chamadas continuavam.

O índice de suicídios no país aumentou em 50%.
Mantenha distância.
Há uma margarida na porta principal.

Contratos. Compositores. Cibernéticos. Informáticos. Escritores. Artistas plásticos. Comunicadores de massa. Cineastas. Rios de dinheiro corriam pelas folhas de pagamento. Ele sorria. Indo ou vindo pelo meio do aterro, mandava o motorista ligar o rádio e ficava ouvindo notícias sobre o surto de margaridite que assolava o país. Todos continuavam sem entender nada. Mas quinze dias depois: a explosão.

As prateleiras dos supermercados amanheceram repletas do novo produto. As pessoas faziam filas na caixa, nas portas, nas ruas. Compravam, compravam. As aulas foram suspensas. As repartições fecharam. O comércio fechou. Apenas os supermercados funcionavam sem parar. Consumiam. Consumavam. O novo produto: margaridas cuidadosamente acondicionadas em latas, delicadas latas acrílicas. Margaridas gordas, saudáveis, coradas em sua profunda palidez. Mil utilidades: decoração, alimentação, vestuário, erotismo. Sucesso absoluto. Ele sorria. A barriga aumentava. Indo e vindo pelo aterro, mergulhado em verde, manhã e noite – ele sorria. Sociólogos do mundo inteiro vieram examinar de perto o fenômeno. Líderes feministas. Teóricos marxistas. Porcos chauvinistas. Artistas arrivistas. Milionários em férias. A margarida nacional foi aclamada como a melhor do mundo: mais uma vez a Europa se curvou ante o Brasil.

Em seguida começaram as negociações para exportação: a indústria expandiu-se de maneira incrível. Todos queriam trabalhar com margaridas enlatadas. Ele pontificava. Desquitou-se da mulher para ter casos rumorosos com atrizes em evidência. Conferências. Debates. Entrevistas. Tornou-se uma espécie de guru tropical. Comentava-se em rodinhas esotéricas que seus guias seriam remotos mercadores fenícios. Ele havia tornado feliz o seu país. Ele se sentia bom e útil e declarou uma vez na televisão que se julgava um homem realizado por poder dar amor aos outros. Declarou textualmente que o amor era o seu país. Comentou-se que estaria na sexta ou sétima grandeza. Místicos célebres escreviam ensaios onde o chamavam de mutante, iniciado, profeta da Era de Aquarius. Ele sorria. Indo e vindo. Até que um dia, abrindo uma revista, viu o anúncio:

Margarida já era, amizade.
Saca esta transa:
O barato é avenca.

III

Não demorou muito para que tudo desmoronasse. A margarida foi desmoralizada. Tripudiada. Desprestigiada. Não houve grandes problemas. Para ele, pelo menos. Mesmo os empregados, tiveram apenas o trabalho de mudar de firma, passando-se para a concorrente. O quente era a avenca. Ele já havia assegurado o seu futuro – comprara sítios, apartamentos, fazendas, tinha gordos depósitos bancários na Suíça. Arrasou com napalm as plantações deficitárias e precisou liquidar todo o estoque do produto a preços baixíssimos. Como ninguém comprasse, retirou-o de circulação e incinerou-o.

Só depois da incineração total é que lembrou que havia comprado todas as sementes de todas as margaridas. E que margarida era uma flor extinta. Foi no mesmo dia que pegou a mania de caminhar a pé pelo aterro, as mãos cruzadas atrás, rugas na testa. Uma manhã, bem de repente, uma manhã bem cedo, tão de repente quanto aquela outra, divisou um vulto em meio ao verde. O vulto veio se aproximando. Quando chegou bem perto, ele reconheceu sua ex-esposa.

Ele perguntou:

– Procura margaridas?

Ela respondeu:

– Já era.

Ele perguntou:

– Avencas?

Ela respondeu:

– Falou.

DO OUTRO LADO DA TARDE

Para
Maria Zali Folly

Sim, deve ter havido uma primeira vez, embora eu não lembre dela, assim como não lembro das outras vezes, também primeiras, logo depois dessa em que nos encontramos completamente despreparados para esse encontro. E digo despreparados porque sei que você não me esperava, da mesma forma como eu não esperava você. Certamente houve, porque tenho a vaga lembrança – e todas as lembranças são vagas, agora –, houve um tempo em que não nos conhecíamos, e esse tempo em que passávamos desconhecidos e insuspeitados um pelo outro, esse tempo sem você eu lembro. Depois, aquela primeira vez e logo após outras e mais outras, tudo nos conduzindo apenas para aquele momento.

Às vezes me espanto e me pergunto como pudemos a tal ponto mergulhar naquilo que estava acontecendo, sem a menor tentativa de resistência. Não porque aquilo fosse terrível, ou porque nos marcasse profundamente ou nos dilacerasse – e talvez tenha sido terrível, sim, é possível, talvez tenha nos marcado profundamente ou nos dilacerado – a verdade é que ainda hesito em dar um nome àquilo que ficou, depois de tudo. Porque alguma coisa ficou. E foi essa coisa que me levou há pouco até a janela onde percebi que chovia e, difusamente, através das gotas de chuva, fiquei vendo uma roda-gigante. Absurdamente. Uma roda-gigante. Porque não se vive mais em lugares onde existam rodas-gigantes. Porque também as rodas-gigantes talvez nem existam mais. Mas foram essas duas coisas – a chuva e a roda-gigante –, foram essas duas coisas que de repente fizeram com que algum mecanismo se desarticulasse dentro de mim para que eu não conseguisse ultrapassar aquele momento.

De repente, eu não consegui ir adiante. E precisava: sempre se precisa ir além de qualquer palavra ou de qualquer gesto. Mas de repente não havia depois: eu estava parado à beira da janela enquanto lembranças obscuras começavam a se desenrolar. Era dessas lembranças que eu queria te dizer. Tentei organizá-las, imaginando que construindo uma organização conseguisse, de certa forma, amenizar o que acontecia, e que eu não sabia se terminaria amargamente – tentei organizá-las para evitar o amargo, digamos assim. Então tentei dar uma ordem cronológica aos fatos: primeiro, quando e como nos conhecemos – logo a seguir, a maneira como esse conhecimento se desenrolou até chegar no ponto em que eu queria, e que era o fim, embora até hoje eu me pergunte se foi realmente um fim. Mas não consegui. Não era possível organizar aqueles fatos, assim como não era possível evitar por mais tempo uma onda que crescia, barrando todos os outros gestos e todos os outros pensamentos.

Durante todo o tempo em que pensei, sabia apenas que você vinha todas as tardes, antes. Era tão natural você vir que eu nem sequer esperava ou construía pequenas surpresas para te receber. Não construía nada – sabia o tempo todo disso –, assim como sabia que você vinha completamente em branco para qualquer palavra que fosse dita ou qualquer ato que fosse feito. E muitas vezes, nada era dito ou feito, e nós não nos frustrávamos porque não esperávamos mesmo, realmente, nada. Disso eu sabia o tempo todo.

E era sempre de tarde quando nos encontrávamos. Até aquela vez que fomos ao parque de diversões, e também disso eu lembro difusamente. O pensamento só começa a tornar-se claro quando subimos na roda-gigante: desde a infância que não andávamos de roda-gigante. Tanto tempo, suponho, que chegamos a comprar pipocas ou coisas assim. Éramos só nós dois na roda-gigante. Você tinha medo: quando chegávamos lá em cima, você tinha um medo engraçado e subitamente agarrava meu braço como se eu não estivesse tão desamparado quanto você. Conversávamos pouco, ou não conversávamos nada – pelo menos antes disso nenhuma frase minha ou sua ficou: bastavam coisas assim como o seu medo ou o meu medo, o meu braço ou o seu braço. Coisas assim.

Foi então que, bem lá em cima, a roda-gigante parou. Havia uma porção de luzes que de repente se apagaram – e a roda-gigante parou. Ouvimos lá de baixo uma voz dizer que as luzes tinham apagado. Esperamos. Acho que comemos pipocas enquanto esperamos. Mas de repente começou a chover: lembro que seu cabelo ficou todo molhado, e as gotas escorriam pelo seu rosto exatamente como se você chorasse. Você jogou fora as pipocas e ficamos lá em cima: o seu cabelo molhado, a chuva fina, as luzes apagadas.

Não sei se chegamos a nos abraçar, mas sei que falamos. Não havia nada para fazer lá em cima, a não ser falar. E nós tínhamos tão pouca experiência disso que falamos e falamos durante muito e muito tempo, e entre inúmeras coisas sem importância você disse que me amava, ou eu disse que te amava – ou talvez os dois tivéssemos dito, da mesma forma como falamos da chuva e de outras coisas pequenas, bobas, insignificantes. Porque nada modificaria os nossos roteiros. Talvez você tenha me chamado de fatalista, porque eu disse todas as coisas, assim como acredito que você tenha dito todas as coisas – ou pelo menos as que tínhamos no momento.

Depois de não sei quanto tempo, as luzes se acenderam, a roda-gigante concluiu a volta e um homem abriu um portãozinho de ferro para que saíssemos. Lembro tão bem, e é tão fácil lembrar: a mão do homem abrindo o portãozinho de ferro para que nós saíssemos. Depois eu vi o seu cabelo molhado, e ao mesmo tempo você viu o meu cabelo molhado, e ao mesmo tempo ainda dissemos um para o outro que precisávamos ter muito cuidado com cabelos molhados, e pensamos vagamente em secá-los, mas continuava a chover. Estávamos tão molhados que era absurdo pensar em sairmos da chuva. Às vezes, penso se não cheguei a estender uma das mãos para afastar o cabelo molhado da sua testa, mas depois acho que não cheguei a fazer nenhum movimento, embora talvez tenha pensado.

Não consigo ver mais que isso: essa é a lembrança. Além dela, nós conversamos durante muito tempo na chuva, até que ela parasse, e quando ela parou, você foi embora. Além disso, não consigo lembrar mais nada, embora tente desesperadamente acrescentar mais um detalhe, mas sei perfeitamente quando uma lembrança começa a deixar de ser uma lembrança para se tornar uma imaginação. Talvez se eu contasse a alguém acrescentasse ou valorizasse algum detalhe, assim como quem escreve uma história e procura ser interessante – seria bonito dizer, por exemplo, que eu sequei lentamente os seus cabelos. Ou que as ruas e as árvores ficaram novas, lavadas depois da chuva. Mas não direi nada a ninguém. E quando penso, não consigo pensar construidamente, acho que ninguém consegue. Mas nada disso tem nenhuma importância, o que eu queria te dizer é que chegando na janela, há pouco, vi a chuva caindo e, atrás da chuva, difusamente, uma roda-gigante. E que então pensei numas tardes em que você sempre vinha, e numa tarde em especial, não sei quanto tempo faz, e que depois de pensar nessa tarde e nessa chuva e nessa roda-gigante, uma frase ficou rodando nítida e quase dura no meu pensamento. Qualquer coisa assim: depois daquela nossa conversa – depois daquela nossa conversa na chuva, você nunca mais me procurou.

O OVO APUNHALADO

Para ler ao som de
Lucy in the Sky with Diamonds,
de Lennon & McCartney.

Ao ovo dedico a nação chinesa.

Clarice Lispector: *A legião estrangeira*

Ele saiu da moldura e veio caminhando em minha direção. Olhei para outro lado, mordi o lábio inferior, mas nada aconteceu: os carros passavam por cima da minha imagem refletida nas vidraças, os carros corriam e a minha imagem mordia o lábio inferior. Quando tornei a me voltar, ele continuava ali, a casca branca, as linhas mansas de seu contorno: um ovo. Disse-lhe isso – mas ele não parou –, você não vê que não tem a menor originalidade – e ele não parou –, todos já disseram tudo sobre você, qualquer cozinheira conhece o seu segredo.

Foi então que ele se voltou meio de lado, sobre a base mais larga, num movimento suave e um pouco cômico, como uma dessas mulheres de ombros caídos, seios pequenos, quadris fartos e pernas grossas. Eu comecei a rir e disse que tinha tido uma namorada assim, e como se não bastasse, ainda por cima se chamava Marizeti, veja só: Vera Marizeti. Mas ele não interrompeu o movimento. Continuou a voltar-se, até que eu pudesse ver o punhal cravado em seu dorso branco. Não gritei, não um desses gritos de voz, mas alguma região dentro de mim estremeceu num terror e numa náusea tão violentos que a dona da galeria voltou-se e me encarou de repente, com um ar pálido.

Que foi, ela disse. Eu disse: é um bonito ovo, não é um ovo como os outros. Ela aproximou-se sorrindo, parou ao lado dele e estendeu um braço por cima de sua casca, tão desenvolta como se nunca em sua vida tivesse feito outra coisa senão apoiar-se em ovos apunhalados. Não é mesmo? disse. Tão liso, tão oval, veja como sua superfície é mansa, veja como minha mão desliza por ela, sinta como ele vibra quando eu o toco, agora veja como ele incha todo e parece aumentar de tamanho, veja como meu corpo se encosta ao dele, veja como minha boca se abre e minha língua freme, ouça esse gemido saindo de minha garganta, toque meus olhos fechados, acompanhe os movimentos de meu corpo contra o dele, observe como minha carne morena se confunde com sua casca branca e como eu enterro as unhas na sua superfície macia, e como eu o atraio para mim e como nos confundimos, até que eu me torne numa coisa entre ovo e mulher, ovomulher, enquanto ele se torna numa coisa entre mulher e ovo, mulherovo, e como rolamos juntos pelo tapete, prove a espuma roxa que escorre da minha boca, não tenha medo: venha, veja, toque, sinta, seja.

Como se atreve, como se atreve? eu gritei, eu gritei então um grito de voz, de garganta, de estômago, de víscera. Mas eles não ouviram. Rolavam pelo tapete verde, sem se importarem com os encontrões que davam nas esculturas. Algumas pessoas se aglomeravam na porta, e foi com dificuldade que consegui abrir caminho entre elas, afastando braços, pernas, sacolas recheadas de tomates maduros que escorregavam pelas bordas, achatando-se contra o chão de cimento. Esbarrei num guarda e parei em frente a um cinema. Fiquei olhando os cartazes sem ver os cartazes, ouvindo sem ouvir uma música que vinha da casa ao lado. Levei o braço até a cabeça para ajeitar uma mecha de cabelo que o guarda havia desarrumado, mas detive o gesto no momento em que percebi a esteira colorida que meu braço ia deixando no ar. Então houve um momento em que os cartazes se tornaram apenas cartazes, a música apenas música, e o meu braço não ia além de um braço parado no ar, em meio a um gesto interrompido.

Por favor, eu disse para ninguém – e comecei a contar para mim mesmo uma história que só eu conhecia. Uma história assim: ao lado da minha casa, moram uns meninos que passam o dia inteiro ouvindo música. A música é quase sempre esta: *you may say I'm a dreamer but I'm not the only one imagine there's no countries nothing to kill or die for all the people living in peace.*[*] É bonita, a música. Os meninos também. Bonitos, eles são bonitos, quero dizer. Claro, nunca falei com eles. Acho mesmo que nunca prestei bem atenção na cara de algum deles, mas eu sei que são muito bonitos. Uma tarde eu coloquei uma cadeira de balanço no pátio de minha casa e fiquei ouvindo essa música. Tinha umas roupas brancas corando no varal, um sol forte batendo bem na minha cara, eu comecei a suar, mas não tinha importância: eu queria ficar ali, no meio das roupas brancas, sentindo o sol quente bater na minha cabeça, balançando a cadeira e ouvindo aquela música. Quando o sol estava se tornando insuportável – porque sempre chega um momento em

* "Imagine", John Lennon.

que até o bom se torna insurportável –, quando chegou esse momento eu olhei para a janela deles e vi uma menina me olhando atrás das grades. Quando ela viu que eu olhava, começou a erguer devagar a blusa, uma blusa curta, cheia de listras coloridas, e me mostrou os seios. Entre os seios recém-nascidos, havia um ovo com um punhal cravado no centro de onde escorria um fio de sangue que descia pelo umbigo da menina, escorregava por cima do fecho da calça e pingava devagar bem no meio da clareira de sol onde eu estava.

– Meu nome é Lúcia – ela disse. – Eu estou no céu com os diamantes.

A minha cabeça gira. Não. A minha cabeça não gira. A minha cabeça cresce e se derrama pela rua e eu fico vendo as pessoas caminharem por entre meus cabelos. No começo elas têm alguma dificuldade, mas sorriem e vão afastando pacientemente os fios, mas os fios aumentam e se tornam cada vez mais espessos, mais intransponíveis. Então as pessoas se enfurecem, apanham foices, tesouras, facas, agulhas, e voltam com ódio saindo pelos olhos, e enquanto eu me deito sobre o asfalto elas vão cortando e furando meus cabelos que não param de crescer sobre a cidade de pessoas enfurecidas.

É difícil chegar até a beira da calçada, fazer sinal para o táxi, ouvi-lo frear, correr, abrir a porta, sentar, dar o endereço ao motorista e pedir que ande depressa porque as pessoas armadas batem contra as vidraças do carro, e eu digo ao motorista que corra, que corra. Então ele corre e eu jogo meu corpo contra o assento, e abaixo a cabeça no momento em que um tomate maduro vem esborrachar-se contra o plástico vermelho. O vermelho do plástico suga o vermelho do tomate: estou sentado sobre tomates esborrachados, mas não quero pensar nisso, é preciso que o motorista não perceba.

Então, para disfarçar, digo ao motorista que me sinto sozinho. Mas ele não ouve, e eu entendo que desse jeito não irei muito longe. Então pergunto a ele se já leu Goethe, se já leu *Werther.* Ele pergunta o quê, mas faço que não entendo – retiro do bolso uma edição portuguesa de 1916 e digo que ele deveria ler, que ele não sabe o que está perdendo, e abro à toa e leio um trecho assim: *Ella não vê, não sente que está preparando um veneno que será mortal para ambos nós. E eu... bebo com avidez, com soffreguidão, a taça fatal que ella me apresenta. O que significa o meigo olhar com que muitas vezes me contempla?* Ela se chama Lúcia, esclareço, mora ao lado da minha casa e costuma estar no céu com os diamantes. Mas julgo perceber um brilho assassino nos olhos que me espreitam pelo espelho retrovisor. Fecho o livro, sorrio um sorriso compreensivo, bem-educado, discreto, tolerante – é, eu sou assim quase o tempo todo, compreensivo, bem-educado, discreto, tolerante. Cruzo as pernas e os braços, sei que é preciso tentar novamente, prendo no bolso o tentáculo que insiste em escapar de minha cintura e digo que Cleópatra era apenas uma prostituta, bem como dois e dois são cinco, também como a soma do quadrado dos catetos, o próprio binômio de Newton que, dizem, é mais bonito que a Vênus de Milo, apesar de Angela Davis ter sido a melhor aluna de Marcuse, para ser bem claro, exatamente como aquele umbu no pátio da casa de minha avó e, concluindo, para dizer a verdade, bem, não costumo ser assim o tempo todo...

O carro pára e o motorista me olha: sua cara é um ovo macio, redondo, liso e branco, com um punhal fincado no centro. Sorrio para ele, bato-lhe devagar no ombro, querendo dizer que compreendo, que não tenho preconceitos. Pago e desço e entro em minha casa e corro para o pátio, sento na cadeira de balanço e fico ouvindo a música. Mas não há música. O varal está vazio e não há mais sol. O sol acabou de se pôr. A casa ao lado está vazia. Olho para a janela. A janela tem grades. Olho para trás das grades, onde estava a menina de seios nus. Ela se chama Lúcia e, naquela tarde, estava no céu com os diamantes. Mas não há nada lá. Sobre o muro está sentado um ovo de pernas cruzadas.

Sorrio para ele e digo: olá, Humpty-Dumpty, como vai Alice? Mas ele descruza as pernas e arma o salto. Pressinto que vai cair sobre mim e corro para a cozinha. Atravesso a cozinha, a sala, o corredor, olho por cima dos ombros e vejo que ele não me segue, talvez porque minhas vibrações coloridas tomem toda a passagem atrás de mim. A cozinha, a sala e o corredor estão cheios de eus azuis, vermelhos, amarelos, roxos, eus brilhantes que deslizam e flutuam e se fundem uns com os outros, e depois se desdobram em vários outros eus ainda mais coloridos e mais brilhantes que deslizam e flutuam. Gostaria de ficar olhando para eles, mas lembro do ovo, empurro a porta do banheiro, encosto meu corpo em sua superfície quando ela se fecha sobre mim: agora a câmara se aproximaria em zoom e daria um close nas minhas narinas ofegantes, meus olhos esgazeados, uma gota de suor escorrendo da testa, depois baixaria até as mãos e ficaria fixa durante algum tempo, as minhas mãos crispadas contra a madeira da porta. Acho tão bonito que quero ver meu rosto espavorido no espelho. Olho meu rosto espavorido no espelho: a gota de suor não é uma gota de suor, é uma gota de sangue. As minhas narinas ofegantes não são narinas ofegantes, são o cabo de bronze de um punhal. E meu rosto espavorido não é um rosto espavorido. É um ovo.

Ele saiu do espelho e veio caminhando em minha direção. Olhei para outro lado, mordi o lábio. Quis brincar com ele, cheguei a sorrir, perguntei se queria ouvir uma história, movimentei meu braço, veja como são bonitos esses outros braços coloridos que ele vai deixando atrás de si, veja como são evanescentes, não é linda essa palavra? e-va-nes-cen-tes, veja como sei fazer caras engraçadas, veja os meus eus coloridos escorregando por baixo da porta, ouça minha voz dizendo todas essas coisas, sinta como ela ressoa cristalina pelos azulejos azuis do banheiro, não é interessante? cristalina crista cristal sua casca também é de cristal cristalina Krishnamurti, veja que relações loucas eu faço, veja como eu vibro, como eu vivo, como eu vejo: veja.

Mas ele não se move. Está parado à minha frente e volta-se devagar para que eu fique cara a cara com o punhal cravado em suas costas. É quando julgo perceber nele uma espécie de súplica: socorra-me, poupe-me, abrevie-me. Agora é um ovo delicado, tenro, humilde, e não tenho medo, e sinto pena dele, quase ternura. Então estendo os meus muitos braços coloridos e toco no cabo de bronze do punhal. A sua casca está manchada pelo fio de sangue coagulado. Hesito um pouco, mas fecho os olhos no mesmo momento em que meus dedos se cerram em torno do punhal. Meus olhos são janelas, minhas pálpebras grades, minhas mãos tentáculos, meus dedos ferro. Uma breve hesitação, depois empurro lento, firme. E sinto uma lâmina penetrando fundo em minhas costas, até o pesado cabo de bronze onde dedos comprimem com força, perdidos entre as espáduas.

Lúcia grita, mas é tarde demais. Vejo minha casca clara partir-se inteira em cacos brilhantes que ficam cintilando pelo chão do banheiro. O sangue escorre e eu, agora, também estou no céu com os diamantes.

Este livro foi composto em EideticNeo e impresso pela
Ediouro Gráfica sobre papel Pólen Bold 90g para a Agir
em março de 2008